저, 죄송한데요

KB110477

이기준
산문집

저, 죄송한데요

■▶ 오른쪽 말줄임표를 없애고 보면 꽤 단호한 어조입니다. 어눌하게 말한다고 해서 흐리멍덩하게 사는 건 아니랍니다.

아마 이쯤에서 차례가 나오리라 여기셨겠지요.

이 책에 차례는 없습니다. 볕 좋은 날 친구와 떠는 수다 정도로 여기며 쓴 글입니다. 친구 만나러 나가면서 어젠다를 짜는 분은 없겠지요.(혹 그러는 분이 계시다면, 죄송. 질타하려는 의도는 없었습니다.) 말주변 어눌한 친구의 하소연을 들어 준다 생각하시고 넉넉한 마음으로 읽어 주시길…….◀■

■▶ 돌이켜 보니 콜라랑 섞은 술을 먹던 시절이
있었군요. 지금은 순수한 콜라든 섞은 콜라든 전혀
마시지 않지만 술이 달갑지 않던 그때는 콜라가
나름 완충 작용을 한 모양입니다. 음악을 크게
듣고 싶었을 뿐이었고 술은 자리에 앉아 있기
위한 방편에 불과했습니다. 요새는 상황이 완전히
달라졌지만요.

■▶ 메뉴에 없는 요리를 해 주거나 정해진 양에

저는 반쪽짜리 디자이너입니다. 이리된 데에는 다 이유가
있습니다.

한때 자주 가는 술집이 있었습니다. 잭코크◀■
한 잔 시켜 놓고 서너 시간 죽쳤으니 가게 입장에서는
반갑지 않은 손님이었겠지만요. 주로 록클래식을 틀어
주는 곳이었습니다. 가게 전체에 손님은 저 혼자이거나
한 테이블, 아니 반 테이블 정도 더 차는 게 고작이었습니다.
일주일에 한두 번꼴로 가곤 했습니다. 지금도 그렇지만
그때는 더 아둔한 시절이어서 그 상태가 지속되면 결국
문을 닫으리라는 생각은 하지 못했습니다. 회사 일이 바빠
두어 달 만에 갔더니 가게는 이미 없어진 뒤였습니다.
고야 덮밥을 즐겨 먹는 카페가 있었습니다. 우연히 알게
되었는데 그 후로 종종 들르곤 했지요. 한번은 5시 조금
넘어서 주문했습니다. 단골이라 하기엔 시원치 않은
출석률이었음에도 카페에서는 밥 주문은 저녁 6시부터
9시까지 받는다는 원칙을 어기면서까지 ◀■ 만들어

더 얹어 주는 편파적 친절은 라이브 무대에서만
들을 수 있는 삑사리 같은 것으로, 기꺼이 장려하고
싶은 미덕입니다.

■▶ 혀가 아니라 머리로 먹는 분들은 재료를
가리는 경향이 있습니다. 뭔지 모를 땐 잘 먹다가도
식재료의 정체를 알게 되는 순간……

■▶ 보챈다고 이십 분 걸리는 요리가 십 분 만에
되지도 않거니와 그리된다 해도 제 맛을 기대할 수
없겠지요. 다만 지긋이 기다리다 보면 가끔 착오로
주문이 주방에 전해지지 않은 사실도 모른 채
삼십 분 넘게 기다리는 일도 생기곤 합니다.

주었습니다. 몇 주 만에 가 보니 가게 자리는 철거 흔적만
회색으로 남아 있었습니다.

동네에 마음에 드는 식당이 생겼습니다. 포크로 건드리기도
전에 갈라질 정도로 부드럽게 삶은 소 혀 요리가 반가웠는데
며칠 뒤에 갔더니 그 요리만 메뉴에서 사라졌습니다.
사람들이 소 혀라는 재료에 경악한다더군요. ◀■ 본매로
역시 같은 일을 당했고요.

그런가 하면 모 식당의 몬테크리스토가 있습니다. 패밀리
레스토랑에서 파는 걸 떠올리지 마시길. 세상에 맛없는
음식은 없습니다. 제대로 만들지 못한 음식이 있을 뿐입니다.
그 몬테크리스토도 이제 먹지 못합니다. 십오 분에서
이십 분 정도 걸리는 조리 시간을 참지 못한 사람들의
항의가 빗발쳐 메뉴에서 빼기로 했답니다. 뭇사람의 성급한
성정은 이렇게 엉뚱한 피해로 이어지기도 합니다. ◀■

식당뿐만이 아닙니다. 한 의류 편집 매장에서 마음에
쏙 드는 포레스트그린색 코듀로이 재킷을 발견했습니다.
포레스트그린은 팬톤 컬러 칩의 3308C 또는 560C 또는
567C와 비슷한 색입니다. 깃에 단추가 달려 목까지 여밀 수
있고 소매 단추가 거의 팔꿈치까지 올라가 있는 파격적인
디자인이었지만 전체 인상으로는 할아버지나 입을
법한 재킷이었습니다. 유행을 타지 않으면서 늘 새로운
느낌으로 입을 수 있는 아이템이지요. 하지만 가격이
문제였습니다. 사지 못할 정도로 비싸지는 않지만 선뜻
사기엔 부담스러운…… 고민을 하는 동안에도 다 팔리면
어쩌나 애태우며 하루에 한 번씩 웹사이트에 들어가
확인했습니다. 절박하니 묘안이 떠오르더군요. 계절이

끝나 가면 세일을 단행할 터, 그때까지 남아 있으면 사자는 것이었습니다.(그렇습니다. 누구나 떠올리는 단순한 생각을 저는 묘안이라 여긴답니다.) 지성감천, 세일 첫날 재킷은 제 것이 되었습니다. 나중에 알았지만 그 재킷은 사이즈별로 단 한 벌씩 들어온 상품이었고 제가 산 사이즈 말고 다른 사이즈는 두어 해가 지난 지금까지 팔리지 않았다네요.

이런 일화가 한 보따리입니다. 이쯤 되면 자신의 안목이 세상의 공감을 두루 얻으리라 확신하기 힘듭니다.

자, 그러면 어떤 사람들이 디자이너를 찾아올까요? 당연히 디자인의 힘으로 상품의 위력을 높이려는 사람들입니다. 자신의 취향이 대중과 거리가 얼마나 먼지 깨달은 마당에 어떻게 자신 있게 의견을 펼치겠습니까.

여기에 어설픈 겸손까지 더해집니다. 내 견해가 아무리 마땅해 보여도 어디까지나 내 견해일 뿐 다른 사람이 옳을 가능성은 언제나 있다는 것.

이렇게 저는 제 의견을 내세우지 않는 반쪽짜리 디자이너가 되었습니다.

(오른쪽 도형은 숫자 2랍니다.
명민한 분들은 눈치채셨겠지만
이후 3, 4, 5, …… 하고
계속 이어지는 것이지요.)

■▶ 음반 가게에서 '제3세계 음악'이라는 항목을
처음 접한 순간 어리둥절했습니다. 제1, 제2세계를
전제한 용어인데 '제1세계 음악', '제2세계 음악'은
못 들어 봤거든요. 혹시 국가의 정치적·경제적
영향력을 음악 세계에 적용한 것일까요? 미국 가수
음악은 제1세계 음악, 이탈리아 가수 음악은 제2세계
음악 하는 식으로? 제3세계 음악으로 분류된
음반을 훑어보니 대부분 남미와 아프리카 출신
가수들입니다. '월드 뮤직'이라고도 하던데 '월드'에
속하지 않는 지역도 있나요?

음반을 사러 갑니다. 재즈, 팝, 록, 클래식 코너를
어슬렁거리다 바흐 쪽으로 갑니다. 살까 말까 몇 달째
망설이는 피에르 앙타이의 〈골드베르크 변주곡〉을 들었다
놓았다 합니다. 글렌 굴드의 〈프랑스 조곡〉과 모리스
장드롱의 〈무반주 첼로 조곡〉도 들었다 놓았다 합니다.
이미 몇몇 버전으로 갖추고 있는 곡들이라 선뜻 사기
망설여집니다.
모차르트로 갑니다. 한동안 모차르트를 등한시했군요.
포근한 음색으로 날 선 신경을 누그러뜨려 줄 연주곡이
없는지 둘러봅니다. 클라리넷 협주곡으로 눈길이 갑니다.
클라리넷이라면 만족스러울 듯합니다. 하지만 어느 곡이
맞을지 골라낼 지식이 없습니다. 제가 아는 클라리넷
연주곡이라고는 영화 〈아웃 오브 아프리카〉 사운드트랙에
수록된 곡이 유일합니다.
영화 음악 코너에 가 확인하니 쾨헬 622번입니다.
다시 모차르트로.

몇 안 되는 클라리넷 협주곡 음반 대부분이 622번이네요. 아마도 대표곡인 모양입니다. 제가 들어 본 악장은 아다지오뿐이고 그 아다지오는 아름다웠습니다. 흔쾌히 622번으로 마음을 정합니다.

그런데 이 음반? 이는 연주자가 없습니다. 레이블의 권위나 커버에서 나오는 아우라로 짐작하는 수밖에 없습니다. 하르모니아 문디에서 나온 미셸 포르탈과 델로스에서 나온 데이비드 시프린 쪽이 왠지 끌립니다. 시프린이 사용한 악기는 특수 제작한 광역 클라리넷이라는데 이게 또 무엇인지 알 길이 없습니다. 눈이 간질간질할 정도로 음반을 응시하며 커버에 숨겨진 정보의 조각을 이리저리 맞춰 보지만 그런다고 모르는 걸 알게 될 리 없지요. 옆 가게가 서점이라는 사실이 떠오릅니다.

《이 한 장의 명반》을 검색하니 오페라 편밖에 없습니다. 더 뒤집니다. 출판사도 지은이도 처음 듣는 책에 포르탈에 관한 내용은 없지만 시프린의 음반에 대해서는 덤덤한 호평을 했고 레오폴트 블라흐의 연주가 전설적 명반이라고 적었습니다. 매장에 블라흐가 있었던가 갸웃이며 커버 이미지 ◀■를 확인하니 본 듯도 합니다. 일본에서 발매된 음반이라 소개 글을 읽지 못해 제쳐놓은 앨범입니다. 누군지도 모르는 사람의 평가를 그대로 믿기는 곤란하지만 일반적으로 전설이라 불리는 작품은 실제로 전설적일 가능성이 높습니다.

다시 음반 가게로 가 블라흐의 음반을 꺼냅니다. 다른 음반보다 만 원쯤 더 비쌉니다. 전설을 듣는 데 만 원쯤이야.

■▶ 스물한 살에 산 음반입니다. 당시 저는 마일스 데이비스가 누구인지도 몰랐습니다. 음악이건 문학이건 미술이건 제 머릿속에는 아무런 체계가 잡혀 있지 않은 탓에 거의 모든 걸 직접 경험으로 채워 왔습니다. 미련하고 소모적이지만 자신을 알아가기에 걸맞은 방식입니다. ■▶ 외계인이 지구를 침공해 한 장만 남기고 모든 음반을 없애겠다 위협하면 이 음반을 남길 작정입니다.

■▶ 동네 초등학교 정문 건너편에서 보행자 정지 신호를 무시하고 한쪽 발을 도로에 내디딘 순간, 횡단보도 지킴이가 깃발을 내리고 있음을 눈치챘습니다. 지킴이의 깃발을 아무렇지도 않게 지나칠 만큼 뻔뻔하지도, 고작 깃발 때문에 이미 내디딘 발길을 되돌릴 만큼 순진하지도 않은 저. 저를 발견한 지킴이의 표정도 난처해 보였습니다. 내디딘 발은 이미 땅에 닿았고, 삼삼오오 짝을 지어 등교하면서 범죄 현장을 막 목격한 아이들의 눈길이 일제히 저를 향해 쏠렸습니다. 아이들이 학교에서 배운 대로 펼쳐져야 할 횡단보도의 풍경을 제가 망치고 있었습니다. 그 장면이 아이들 미래에 어떤

○

오직 커버에서 전해지는 느낌만으로 음반을 고르던 시절이
있습니다. 그렇게 발견한 음반에는 마일스 데이비스의
‹카인드 오브 블루(Kind of Blue)› ◀■, 알 디 메올라·존
매클로플린·파코 데 루치아의 ‹프라이데이 나이트 인
샌프란시스코(Friday Night in San Francisco)›, 잭 마셜·셸리
맨의 ‹사운즈(Sounds!)›, 루이스 살리나스의 ‹솔로
기타라(Solo Guitarra)›, 빌리 코뱀의 ‹스펙트럼(Spectrum)›,
글렌 굴드가 1981년에 녹음한 ‹골드베르크 변주곡› ◀■ 등의
명반이 포함됩니다.

아무것도 모르는 제 주의를 잡아끄는 힘은 어디에서
나올까요? 커버의 조형적 완성도와는 무관한 듯합니다.
어수룩한 디자인임에도, 눈길을 거두지 못할 정도로 묘하게
매력적인 커버도 있으니까요. 이심전심의 합에서 나오는
걸까요? ◀■ 연주자끼리 흥이 통해 차진 연주로 녹음되고,
그 기운이 디자이너에게 전해져 멋진 형태로 만들어지고,
음반에 스민 음과 형(形)의 색이 그런 맛을 찾는 이에게
이어지는?

명쾌하게 설명하기 힘든 이런 현상은 사실 일상에서
두루 벌어집니다. 왠지 끌리는 사람, 왠지 궁금한 책,
왠지 가 보고 싶은 식당, 왠지 듣기 좋은 말…….
정신의 지형이 비슷한 사람끼리 공유하는 취향이 분명
있습니다. 어디가 풍광이 좋은지, 어디가 쉬기 좋은지,
어디가 힘든 코스인지 서로 잘 아는 것이지요. 말하지
않아도 '이제 조금만 더 가면 볕 좋은 데서 커피 한잔
마실 수 있어.' 하는 생각으로 같은 구간에서 저절로

영향을 끼칠지, 그리하여 아이들이 살게 될 미래가
어떤 방향으로 바뀔지 상상해 보려는 찰나, 지킴이가
깃발을 잽싸게 올렸습니다.

오늘은 왠지 '굴드베르크(Gouldberg)'가
듣고 싶은걸.

흐뭇해집니다. 물론 미묘한 어긋남도 있습니다. 누구는
돌길을 좋아하고 누구는 흙길을 좋아하지요. 하지만 그런
차이가 서로에게 매력으로 작용하지 않나요?

누구나 때로는 분위기 전환이 필요합니다. 바흐만 듣다
보면 갑자기 비스티 보이즈가 생각나는 것처럼요. 완전히
새로운 세계를 경험하고 싶어지기도 합니다. 그럴 땐
어디에 무엇이 있는지 모르는 채 무작정 찾아 나섭니다.
빈손으로 돌아오기도, 양손 가득 채워 돌아오기도 합니다.
그렇게 지평이 서서히 넓어집니다. 여러 사람을 통해
검증된 곳만 다니면 별로 재미없습니다. 여러 사람이
좋다고 하는 데는 그럴 만한 이유가 있겠지만 그보다는
저만의 풍경을 찾고 싶습니다. 비록 반쪽짜리 여행이
되더라도요. 무언가를 찾는 행위는 흩어져 있는 자신의
일부를 확인하는 일인 듯합니다.

저 좀 도와주세요!

눈앞에 햄버거가 있습니다. 높이가 20센티미터쯤 되어 보입니다. 입에 들어가기는커녕 손에 잡히기나 할지 모르겠습니다. 나이프와 포크가 세팅된 걸 보니 도구를 사용해서 먹으라는 뜻인가 봅니다. 아슬아슬하게 층층이 쌓인 내용물이 흘러내리지 않게 포크로 눌러 압력을 가한 채 나이프로 왕복 운동을? 이등분으로 썰기가 최선일 듯합니다. 내용물이 전부 쏟아져 내려도 괜찮다는 전제 아래서요.

햄버거의 종주국 사람들은 이런 걸 어떻게 먹을까요? 아무리 덩치가 큰 서양 사람이라 해도 입 크기에 한계가 있을 터, 설마 이런 걸 입가에 소스만 살짝 묻히며 우아하게 먹지는 않겠죠? 게다가 요새는 동양인의 평균 신장도 커서, 별 차이가 없잖아요. 한편으로 생각하면 동양인의 젓가락질에 대응하는 서양인의 칼질 기술이 있을 법도 합니다. 이 단, 삼 단짜리 햄버거는 물론 세로로 세운

■▶ 서양 음식 얘기 중이니 '가나다'나 123 대신 ABC로 하겠습니다. '하파타'나 987이나 ZYX도 방법이지만, 상식선에서요.

김밥조차 단칼에 내려 긋는 비기(秘技)가 전해질지도
모르지요.

자, 용기를 내기로 합니다. 나라고 왜 못해? 제 능력으로
먹을 수 있는 방법을 찾아보기로 합니다.

햄버거 탑을 허리에서 니눠어 머리가 밑으로 가게 뒤집어
내려놓습니다. 반절짜리 탑 두 개가 됩니다. 탑 A ◀■ 는
빵 위에 패티와 양파가, 탑 B는 빵 위에 양상추와 토마토가
소스에 버무려져 쌓여 있습니다. A를 먼저 한입 크기로
썰어 입에 넣습니다. 최대한 천천히 씹겠다는 의도로 입에
머금기만 한 채 얼른 B를 같은 크기로 썰어 넣습니다.
그래야 한꺼번에 먹는 효과가 나니까요. 두 덩어리를
한입 효과로 먹기 위해 허겁지겁 칼질하는 모습이 그다지
세련되지 않습니다. A와 B를 동시에 먹는 것이 원래
디자인된 맛이겠지요. 동작이 경박하고 게걸스러워 보여도
어쩔 수 없습니다. 이 과정이 중반에 치달으면 맨 밑에 깔린
빵은 소스에 범벅이 돼 짓이긴 밀가루 반죽처럼 보입니다.
하아…… 산란한 풍경에 눈을 감고 싶어집니다. 도중에
눈을 질끈 감는 행위 역시 햄버거 설계에 포함된 과정은
아닐 것입니다.

○

한 번 더 도와주세요!

눈앞에 샐러드가 있습니다. 이번에도 접시 옆에 포크와
나이프가 놓였습니다. 기껏해야 0.5밀리미터 두께밖에
안 되는 이파리는 찍기에는 너무 얇고 뜨기에는 너무
구불거립니다. 1밀리미터만 돼도 어떻게 해 보겠는데요.
포크로 이파리를 누르고 나이프로 이파리를 밀어 포크 날에

끼워 봅니다. 이러고 깨작거리니 참 불편합니다. 도구를
제대로 사용할 때의 명쾌함이 없습니다. 샐러드 먹는
법을 검색해 보려다가 참습니다. 먹는 일이잖아요. 생명
활동에서 가장 본질적인 행위는 자고 먹는 일일 터입니다.
가장 오랜 기긴 진화를 거듭해 왔을 테고 가장 단순한
행위이기도 하겠지요. 설명 없이 쓸 수 없는 도구라면
식탁에서 사용하기에 바람직하지 않다고 봅니다.

○

한 번만 더요. 정말 죄송합니다.
이번에는 스시입니다. 간장을 어떻게 찍는지 모르겠습니다.
젓가락으로 한 점 들었더니 생선 살 한쪽이 아래로 죽
처집니다. 그 늘어진 부위를 적시는 수밖에 없어 보입니다.
스시를 간장 종지로 가져가면 그 부위가 가장 먼저
닿거든요. 간장을 찍습니다. 이제 입으로 날라야 하는데
간장 국물이 떨어질까 봐 조마조마합니다. 몇 초간 종지
위에 머물며 중력을 견디지 못한 방울들이 임무를 포기할
기회를 줍니다. 그러고 냉큼 입으로 가져갑니다. 이때
각별히 주의를 기울여야 합니다. 너무 빨리 가져가면
간장 국물이 튈지도 모르고 너무 천천히 가져가면 공연히
지체한 시간 때문에 입에 넣기 직전 새하얀 셔츠에
떨어질지도 모르니까요. 여기까지 성공한다 해도 기뻐하긴
이릅니다. 간장이 묻은 탓에 늘어진 생선 살을 입안에 고이
넣을 수 없으니까요. 자칫하면 간장 국물이 턱을 따라
흘러내립니다. 그렇다고 천장을 향해 입을 벌리고 스시를
투하할 수도 없고요. 스시와 밥을 따로 넣고 젓가락에
간장을 적셔 쪽쪽 빨아야 할까요?

■▶ 지로는 손으로 먹기를 권합니다. 밥알 덩어리가
공기를 머금고 있어서 손으로 사뿐히 집어야
형태가 유지된다고 하는군요. 젓가락으로 집을 땐
옆구리를 세게 누르지 말고 레일 위에 얹듯이 수평
방향으로 받쳐 들어 올리라고 권합니다. 간장에 대해
덧붙이자면, 요리사가 적절하다고 판단한 양만큼
미리 발라서 낸다고 하니 요리사가 깜빡했거나
먹는 사람이 더 짠 맛을 선호하지 않는 이상 애초에
간장을 바를 필요조차 없다는 얘기지요.

○

얼마 전 오노 지로라는 요리사의 책을 샀습니다. 스시 먹는
방법이 나오더군요. 생강절임을 간장에 적셔 생선 살 위에
살살 발라 먹으라는 겁니다. 그런 방법이! 생강절임은
먹으라는 줄만 알았지 믹는 도구로 활용하는 발상의
전환을 이끌어 내지 못한 겁니다. ◀■ 해답은 언제나 거기에
있었는데 늘 보면서도 보지 못했던 거죠.

지인 서너 명과 파스타 집에 갔습니다. 한 명이 젓가락을
요청하자 아르바이트생이 정색했습니다.

"저, 손님. 파스타는 포크로 드시는 겁니다."

이제는 반갑게도 젓가락이 기본 세팅인 이탤리언 선술집이
생겼습니다. 한 달 숙성한 한우 스테이크가 있는가 하면
라이스페이퍼로 싼 닭튀김, 오이소박이도 있습니다.

와인, 맥주는 물론 소주도 있습니다. 이 집에서 파스타를
주문하면 포크가 함께 나옵니다. 각자 접시에 던 뒤 자신의
문화 유전자가 이끄는 대로 포크든 젓가락이든 손이든
선택합니다.

처음 건강 검진을 받았습니다. 내시경이 워낙 고통스럽다는
얘기를 오래전부터 들어 온 터라 수면 내시경 검사를
신청했지만 대기자가 많아 육 개월 뒤에나 가능하다고
하더군요. 그렇게나 기다리기는 싫어 일반 내시경 검사를
받기로 했습니다. 뭐, 한 번쯤 경험해 보는 것도 괜찮겠다는
생각에서요. 하지만 복병은 따로 있었으니, 바로 영양 상담.
상담실에 들어가자 탁자 위에 쌀밥, 콩나물국, 불고기,
생선구이, 시금치무침, 김치 등의 모형이 담긴 식판이 놓여
있습니다. 영양사가 질문을 합니다.

"하루에 식사를 몇 끼 하세요?"

"음…… 어쩔 땐 두 끼, 어쩔 땐 세 끼, 아주 가끔
네 끼요……. 특별한 경우엔 다섯 끼 먹을 때도 있지만 그런
경우는 드물고요."

"일주일만 놓고 봤을 때 몇 끼를 드시나요?"

일주일? '어느' 일주일을 말하는 걸까요? 지난주에는 거의
매일 세 끼를 먹었고 이례적으로 간식도 곁들였습니다.

■▶ "딸랑! 죽는 날까지 앞으로 24만 721시간 사십오 분 남았습니다." 이런 세상이라면 인생 설계 한번 제대로 해 볼 만하겠지요. 확실히 불확실성은 인간 사회를 움직이는 핵심 동력입니다.

■▶ 제리 루이스의 ‹타자수› 보신 분? 유튜브에서 찾아보시길. 검색어는 jerry lewis typewriter.

그 전주에는 저녁 약속이 많아서 사실상 네 끼나 다섯 끼에 가까운 세 끼를 먹었습니다. 그 전주에는 아침밥을 거의 먹지 못했습니다. 일정한 패턴이 보이지 않는 식습관을 순식간에 평균치로 변환하는 능력이 저한테 있을 리 없습니다.

영양사는 손가락을 자판에 얹은 채 제 입을 뚫어지게 쳐다보며 대답을 기다립니다. 게다가 제 뒤로 대기자가 점점 늘어납니다. 한 질문에 쓸 수 있는 시간이라도 좀 알려 주면 좋겠는데요. "이제 삼십 초 남았습니다." 하고 방울 종을 딸랑 울려 주는 센스를 바라는 건 세상 물정 모르는 바보의 투정일까요? ◀■

아무튼 진행은 해야 하니, 아침밥을 잘 챙겨 먹지 못하는 요즘 상황을 고려해 일단 두 끼라고 대답하고 나중에 결과가 나오면 가끔은 아침밥을 먹는다는 사실을 적용해 재해석하기로 마음먹습니다.

"두 끼 정도요." 열일곱 줄에 걸친 고심 끝에 나온 답변. '두 끼' 다음에 '정도'라는 단어를 넣어서 늘 정확히 두 끼를 먹지는 않는다는 의미를 전하려고 했습니다. 의도가 제대로 전해졌는지 궁금해 영양사의 표정을 살피지만 무심히 모니터를 바라보며 타이핑 ◀■하는 모습에서 어떤 인지의 낌새도 찾을 수 없습니다.

"그럼 한 끼 드실 때 앞에 놓인 식판을 기준으로 밥은 얼마나 드세요?"

둥근 밥그릇에 담긴 밥만 보다가 평평한 식판에 넓게 퍼진 밥을 보니 그 양을 가늠하기가 어렵습니다. 손을 뻗어 퍼진 밥을 봉긋하게 쌓아 보려다가 모형일 뿐이라는 사실을

■▶ 아인슈타인이 이런 말을 했다고 합니다.
"세상에 무한한 것은 두 가지, 우주와 인간의
어리석음인데, 우주가 무한한지는 아직 확실하지
않습니다."

■▶ 한자로 秋毫(추호)입니다. "추호도 없다."라는
표현을 쓰려다가 추호가 무슨 뜻인지 모른다는
사실을 깨달았습니다. 사전을 찾아보니 이런
뜻이더군요. 풀이를 그대로 문장에 적용하니 뭔가
그럴듯해 보입니다.

깨닫고 머릿속으로 시뮬레이션합니다. 그래도 첫 질문에 비하면 명쾌하다 싶어 앞선 질문에 필요 이상으로 쓴 시간을 만회하고자 잽싸게 대답합니다.

"1.3배 정도요."

"그럼 국은 어느 정도 드세요?"

질문과 답을 세트로 묶을 수 있다면 (질문1 – 답1), (질문2 – 답2), (질문3 – 답3) 하고 이어져야 자연스럽지만 제가 질문에 대한 답을 생각하는 시간은 오래 걸리는 반면 영양사가 미리 정해진 질문을 매뉴얼에 따라 던지는 데 걸리는 시간은 매우 짧아서 (질문1)……(답1 – 질문2)…… (답2 – 질문3) 하는 식으로 질문에 대한 답이 아니라 답에 대한 질문이 나오는 형국입니다.

국이라…… 국 역시 매끼 먹지는 않습니다. 이 영양사 대체 뭐지? 살아온 생을 수학적으로 성찰해 일주일로 압축하는, 아인슈타인도 쉽게 대답하지 못할 과제◀■를 연달아 내다니요. 이런 질문을 마주하리라 예상하지 못한 장소에서. 뜻밖의 사고는 아무렇지 않게 찾아온다는 메시지를 전하려는 병원의 세심함일까요? "매번 국을 먹지 않겠지만 만약 먹는다면."이라는 전제를 다는 친절을 바라는 건 세상 물정 모르는 바보의 투정이겠지요. 하지만 영양사를 탓할 생각은 가을철에 털갈이하는 짐승에게 새로 돋아난 가는 털◀■만큼도 없습니다. 영양사는 의료 시스템 안에서 일정한 월급을 받으며 소임을 다할 뿐이겠지요. 밥과 국의 양을 문제 삼아 건강 검진의 잣대를 다시 세워야 한다는 주장을 펼치며 난동을 부리는 바보 탓에 곤경에 처하게 하고 싶지 않을뿐더러, 그런 행동은

■▶ 이를테면 오향장육, 얌운센, 팍붕파이뎅, 하얀 순두부찌개, 순댓국, 돼지국밥, 스시(특히 살짝 구운 아나고와 주도로), 육회, 문어 카르파초, 생(生)포르치니구이, 굴라시, 에그베네딕트, 성게알 브루스케타, (맵게 여물기 전에 수확한) 파드론고추볶음 등등은 어쩌냐고요.

열심히 살아가는 사람에 대한 예의가 아니라는 생각이
듭니다. 이번에도 역시 결과를 재해석해야겠다는 다짐으로
대답합니다.

"1.2배 정도요. ……아니, 1.3배. ……1.25?"

"그럼 고기는 어느 정도 드세요?"

이쯤에서 정신 상담을 추가해야 할지 고민됩니다. 혼을
추스려 대답합니다.

"뭐, 매번 먹지는 않죠…… 밥이랑 먹을 때는 이보다
두 배 이상 더 먹는 것 같고요…… 고기만 먹을 때는 훨씬
많이 먹죠."

"고기만 드실 때도 많으신가요?"

영양사라는 직업에 경외감을 느끼기 시작합니다. 생사의
사슬을 일상의 차원으로 끌어와 밥숟가락 위에 김치 찢어
올리듯 대하는 담대함에 자신감이 오그라들어 사고력이
더욱 둔해집니다.

질문은 생선구이, 콩나물무침과 김치를 포함한 찬의
세계를 아울렀습니다. 술은 얼마나 마시냐는 둥, 술 마실 때
안주는 먹느냐는 둥 모든 항목이 끝났을 때 저는 질문에
등장하지 않은 수많은 음식 ◀■을 어떻게 적용해야 할지
막막해 기진맥진했습니다. 상담실에서 나갈 때는 병원 직원
두 명의 부축을 받아야 할 정도였습니다. 실제로 그러지는
않았지만요.

○

일주일 뒤에 소견서가 나왔습니다. 영양소 섭취량란에는
이렇게 적혀 있습니다.

'정상.'

■▶ 통찰력이 빼어난 한 지인이 명언을 남겼습니다.
"병원은 자연스럽게 고장 난 몸을 억지로 고치는
곳이다."

적어도 나중에 병이라도 들면 건강을 되찾는 방법은
알아냈지 뭡니까. 이번처럼만 하면 '정상'이라고
진단해 줄 테니까요.
다만 '정상'이라는 소견에 한 가지 의문이 들 따름입니다.
술을 지나치게 마시거나 밥을 불규칙하게 먹은 결과로
위염이 생겼다면 정상이겠지요? 나이 먹는 세월만큼 줄곧
신체를 사용하기 마련이니 일부가 닳아 제대로 작동하지
않는다면 그 역시 정상이겠지요? 마흔 해 썼는데도 신품과
마찬가지라면 비정상이겠지요? 소견서의 '정상'이라는
표현은 어떤 의미일까요? ◀■

(오른쪽 도형은 숫자 5랍니다.

까먹으셨을까 봐 노파심에.)

■▶어떤 자료에 따르면 영국 사이즈 6.5는 한국
사이즈 250, EU 사이즈 40, 미국 사이즈 7이라고
합니다. 또 다른 자료에 따르면 한국 사이즈 255,
EU 사이즈 40.5, 미국 사이즈 7.5라고도 하고요.
같은 브랜드여도 모델마다 본과 소재가 달라 실제
사이즈는 다른 경우도 많습니다. 수제 신발의 경우
같은 모델의 같은 사이즈여도 조금씩 차이가 납니다.
어떤 6.5는 크고 어떤 6.5는 맞는 식이지요.

신발을 사러 갔습니다. 영국 사이즈로 6은 빈틈없이 맞았고 6.5는 살짝 넉넉했습니다. 고약하지요. 표준화를 탓해야 할까요, 표준에서 벗어나는 신체를 탓해야 할까요. ◀■ 두 사이즈를 번갈아 신어 가며 사뭇 심각해지자 점원이 끼어들었습니다.

"가죽이라 신으시다 보면 늘어나세요. 지금 딱 맞으시는 사이즈가 맞는 사이즈세요."

"저한테 필요한 만큼 늘어나지 않으면요?"

"가죽 제품은 확실히 늘어나세요. 처음부터 여유가 있다면 나중엔 더 늘어나신다는 얘기거든요."

확신에 차서 권하니 받아들이게 되더군요. 신발 가게 직원은 매일 수십 명의 발을 접할 테고 소재의 성질에 관한 지식과 경험도 훨씬 풍부할 테니까요.

결론부터 말씀드리면 그 신발은 스무 번도 신지 못한 채 신발장에 처박혀 있다가 옷 수거함으로 이송되었습니다. 신은 지 삼십 분만 지나면 새끼발가락에 통증이 왔고

버클의 핀을 구멍에 꽂는 허리띠는 사용하지
않습니다. 구멍과 구멍 사이가 딱 맞는 위치일 땐
어쩌라고요. 사람 허리가 구멍 한 칸 단위로 변하지
않잖아요. 링으로 조이면 어느 위치에나 고정하기
좋습니다.

좀 많이 걷는 날에는 까지기까지 했습니다. 매장에 가따지고 싶었지만 다시 가 봤자 아무 성과도 없을 게뻔했습니다. 돈 낼 때 계산대에서 들은 말이 있거든요.
"교환, 환불은 태그가 제거되지 않은 상태로, 구매 영수증을가지고 십사 일 이내에 방문하시면 가능하십니다."
사용 전이라면 문제가 있는지 알 수 없고 사용 후에는문제가 있더라도 교환이 불가능해지는 겁니다. 교묘한 술책아닙니까. 인터넷으로 뭘 살 때마다 각종 '동의' 버튼을눌러야 하는 것처럼요. 말이 '동의'지 동의하지 않으면 다음단계로 넘어가지 못하는데 그게 어찌 동의란 말인가요.
한편으로는 제 탓도 해 봅니다. 신발을 신었을 때의 느낌을충분히 전달했나 하고요. 상대는 전문가일 뿐 점쟁이나독심술사는 아니므로 제가 말하지 않은 사실을 몰랐다는이유로 비난할 수는 없겠지요. 억울하기도 하고 속상하기도했지만 그렇게 지나갔습니다.
그러고 저를 돌아봅니다. 저는 16년차 그래픽디자이너입니다. 십오 년이라는 시간이 실하게무르익었을까요? 다루는 대상(글자, 이미지, 종이,색상 등)에 대해서는 물론, 누구와 무엇을 위해 디자인을하는지 잊지 않는 진짜 전문가일까요?
얼마 전 조그만 가게의 로고를 만들었습니다. 별로 팔리지않을 법한 분야를 전문으로 하겠다기에 기꺼이 손을보태고 싶어 주인장의 예산에 맞춰 진행했습니다. 로고는썩 괜찮게 나왔지만 건물주의 방침으로 모든 입점 매장이동일한 포맷의 간판을 사용해야 했고 심지어 주인장은자신이 아끼는 소품들을 인테리어에 적극 활용하고

■▶ 우라사와 나오키가 리메이크한 «플루토»에서

싫어 해 난처했습니다. 제가 만든 로고와 사용자의 감각이 전혀 어울리지 않은 것이지요. 단지 어울리지 않는다는 이유로 간절히 바라는 일을 막기는 싫었고요. 어쨌든 가게 주인인데, 자기 뜻대로 꾸려 나가지 못한다면 주객전도지요. 주인장 곁에서 영원토록 간섭할 수도 없는 노릇이고요. 지정한 색상을 기계적으로 쓰게 하고 포맷에 맞춰 안내판을 달게 하는 것이 전문가의 소임을 다하는 일은 아닐 터입니다. 저 역시 신는 사람을 헤아리지 못하고 발에 맞지 않는 신발을 권한 셈입니다.

'나는 전문가인가, 전문가란 무엇인가.' 되뇌는 와중에 전문 분야라는 미스터리가 십리무중에 빠지는 사건이 발생했습니다. 친구가 사는 동네에 소문난 빵집이 있다더군요. 우연히 그 집 빵을 먹어 본 제빵사 지망생이 자신의 프랑스인 스승에게 빵을 선보였더니 스승은 한국에서 먹어 본 최고의 빵이라며 극찬했다는 겁니다. 제빵사 지망생은 유학을 마치자마자 유학비를 크게 웃도는 어마어마한 수업료를 내고 그 빵집에서 실습 중이라나요. 어떤 빵이길래! 당장 빵집에 갔습니다. 그 집 인기 상품이라는 빵을 한입 문 저는 크게 충격받았습니다. 놀랍기는커녕, 그냥저냥 괜찮기는커녕, 그다지 기억에 남지도 않을 만한 맛이었습니다. 제빵사가 아니면 알아차리지 못하는 뭔가가 있는 걸까요? 혹은 소위 전문가라는 사람들이, 반죽하면서 기온과 습도를 제대로 반영했는지, 휘젓는 손목의 각도가 어땠는지 등의 기술적 세부 사항을 가늠하느라 그것들의 총합인 '맛'이라는 단순한 현상을 놓치고 마는 것일까요? ◀■ 빵집, 지망생,

아톰은 인공두뇌에 입력된 전 세계의 모든 인격을 시뮬레이션하느라 한동안 깨어나지 못합니다. 어떤 인격을 취해야 할지 판단하지 못한 것이지요. '편향'이 중요한 키워드로 등장합니다. 금(琴) 연주의 대가였다는 고대 중국의 신선은 현을 건드리는 순간 완벽한 상태가 무너진다는 이유로 연주하지 않았다고 합니다. '균형'은 인간계에 존재할 수 없는 관념에 불과한지도 모를 일입니다. 전문가란 곧 한쪽으로 깊게 치우친 자일까요? 치우침이란 무엇일까요? 알쏭달쏭합니다.

프랑스인 스승 모두 시원찮은 부류일 가능성도 있습니다. 저는 미용실에 갈 때마다 죄스럽습니다. 또 다른 전문가인 헤어디자이너의 입장에는 아랑곳하지 않고 "귀 옆은 일자로 밀지 말아 주세요."라든지 "바리캉은 쓰지 말아 주세요." 따위의 요청을 하거든요. 전문가의 눈에만 보이는 디테일이 그쪽 분야에도 당연히 있겠지요. 일을 맡기면서 사람 잡는 요구를 하는 선무당 짓거리를 자행하는 것은 아닌지 조마조마하면서도 한편으로는 '그 머리를 달고 다니는 사람은 결국 나라고!' '내 머리 내 마음대로 하겠다는데 뭐!' 하고 발끈하기도 합니다. 고심해서 배열한 레이아웃을 아무 거리낌 없이 뒤흔드는 클라이언트('그 리플릿을 쓰는 사람은 결국 나라고!')를 마주할 때면 저를 헤어디자이너에, 클라이언트를 저한테 대입해 보곤 합니다.

(6은 그나마 알아보기 쉽지요?)

"애들이 다 테크닉에만 집중해요. 그래야 잘 부르는 줄
알아요. 자기 목소리를 내 보라고 하면 다들 갑자기 음치가
된다니까요."
얼마 전에 만난 재즈 가수가 한 말입니다. 분야만 다를 뿐
양상은 똑같더군요. 그럼요. 프로그램의 기능을 많이
안다고 멋진 디자인을 하는 건 아니지요.

○

친구가 지리산 종주를 가자길래 선뜻 응했습니다. 제가
가진 등산 장비는 몸뚱이밖에 없어서 전부 새로 장만해야
했습니다.

우선 등산화를 검색했습니다. 밑창에 관한 논의가
많았습니다. 비브람이 좋긴 하지만 바위가 많은 한국의
산에는 맞지 않아 리지에지(Ridg Edge)가 나은 선택이라는
주장이 설득력 있어 보였습니다. 그런데 디자인이 별로라
아무리 적합하다 해도 도저히 살 엄두(라 해야 할지, 용기라
해야 할지)가 나지 않았습니다. 고작 산 한 번 타는 일로

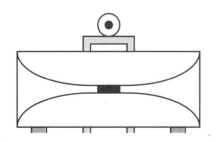

무슨 호들갑인가 싶었고요. 운동화로 충분하지 않을까요?
이 말을 들은 산 경험 풍부한 지인이 등산화는 안전과
직결되니 꼭 있어야 하고 잘 골라야 한다며, 감당할 수 있는
선에서 최상의 선택을 하라고, 반드시 발목까지 올라오는
모델을 사라고 신신당부했습니다. 운동화는 미끄러워서
위험하고, 산길은 고르지 않아 까딱하면 발목을 삐기
십상인데 잘못 삐면 사는 내내 후유증에 시달려야 한다는
충고 앞에서 겸손해지고 말았습니다. 일과 중 대부분
시간을 등산화 검색하는 데 할애했습니다. 평생 후유증에
시달리기보다 지금 몇 시간 더 투자해 철저히 대비하는
편이 장기적으로 훨씬 이익이니까요. 검색하고 고르는
재미도 쏠쏠했고요.

두 번째로 중요한 것이 배낭이라고 하더군요. 상당한
무게를 어깨에 짊어지고 하루에 열 시간 이상 걸어야 하니
몸에 잘 맞고 하중을 효율적으로 분산해 주는 놈이어야
한다나요. 그런 말을 듣고도 무시할 수 있는 성격이 아닌
저는 또다시 인터넷을 훑었습니다. 실물을 확인하려고
보니 추려 낸 제품들이 한자리에 있지 않았으므로 며칠
걸려 여기저기 다녀야 했습니다. 실제 제품을 확인하고
메어 보면 생각이 달라져 여러 번 왔다 갔다 했습니다.
물건 살 때의 어려움은 디자인, 성능, 가격이 만족스럽게
세트로 묶이는 일이 거의 없다는 점입니다. 포기할 수
없는 핵심을 정하고 나머지 요소는 타협하거나 포기하는
수밖에 없습니다. 새끼 코알라처럼 등에 착 붙는 그레고리
배낭을 선택했습니다. 형태와 색상은 별로지만 등에 메므로
제 눈에는 보이지 않는다는 점이 크게 작용했습니다.

언제가……

■▶ 스피커를 사고 나서 깨달았습니다. 아주
크게 들을 일은 없을 테니 고출력일 필요 없다고
여겼는데, 같은 음량이더라도 성량 적은 녀석이
울부짖는 소리보다 성량 큰 녀석이 조근조근
읊조리는 소리가 듣기 편하겠더군요.

"스틱도 있어야 해요. 두 다리로 가는 하중을 스틱이
덜어 주는 셈이라 덜 지쳐요. 무릎에 부담이 덜 가고요.
산에 가면 낮과 밤의 기온차가 커요. 비가 올지 눈이 올지
몰라요. 자연은 가차 없어요. 무슨 일이 생길지 모르기
때무에 대비해야 해요. 얄궂은 건 그런 장비가 필요한
상황이 생기지 않기를 바란다는 점이에요. 쓸 일이 없어야
좋을 것들을 최선을 다해 준비해야 하는 거죠."
스틱, 베이스레이어, 저지, 방수·방풍 재킷, 헤드랜턴,
여분의 배터리, 버너, 코펠, 보온·보랭 물통, 에너지
보충을 위한 견과류와 당류, 양말, 장갑, 모자, 손수건 등
준비물이 하염없이 늘어나, 누가 보면 화성 탐사를 위한
베이스캠프라도 구축하는 줄 알겠더군요. 심지어 수저
한 벌 사는데도 소재에 따른 무게와 장단점이 거론되며
그와 함께 예산이 널뛰기를 했습니다.
'샀는데 만족스럽지 못해 다시 사게 되면 어쩌지? 이중으로
지출하느니 애초에 제대로 투자하는 게 낫잖아? 필요에
못 미치는 것보다는 웃도는 게 아무래도…….' ◀■
일이 점점 이상하게 흘렀습니다. 고작해야 해발 수백 미터
되는 산에 오르기 위해 전문 산악 장비를 갖춘 사람들이
버스 정류장에 결집한 풍경을 보면 고개를 절레절레 흔들던
제가, 동류가 되는 단계를 차근차근 밟고 있는 겁니다.
심지어 주말마다 산행을 즐기기 위해서도 아니고 고작
한차례의 이 박 삼 일 종주를 위해서 말이지요.
앞으로 600년간 날짜와 요일을 수동으로 조정할 필요가
없다는 무브먼트를 탑재한 시계, 정지 상태에서 시속
100킬로미터까지 도달하는 시간이 삼 초 이내라는 자동차,

■▶ 커피를 내릴 때 지구가 자전하는 반대 방향으로
물줄기를 돌려야 더 맛있다는 주장을 들은 적이
있습니다. 정말일까요?

■▶ 아웃도어 용품은 인도어에서도 유용합니다.
트란지아 버너는 샤브샤브 해 먹을 때, 페츨
헤드랜턴은 자기 전 독서에 그만입니다. 그뿐 아니라
실리콘 주걱은 주방 주력 도구로 전성기를 열어 가고
있습니다. 방수·방풍 재킷 역시 일상생활에서
여행까지 함께하는 든든한 파트너고요.

예, 예, 다 좋습니다, 대단하지요. 바닥에 떨어진 열매를
주워 먹거나 포식자가 남긴 고기로 겨우 연명하던 동물이
이토록 놀라운 것들을 만들어 내다니요. 막상 주위를
둘러보면, 일상에서 초 단위로 일정을 관리하는 사람은
아직 본 적 없습니다. 하루가 적은 달에서 다음 달로
넘어갈 때 용두를 돌려 날짜와 요일을 변경하는 일이 누가
대신 해 주기를 바랄 만큼 힘든 것도 아니고요. 신호가
바뀌는 순간 삼 초 안에 시속 100킬로미터에 도달해야 하는
필요도 제가 아는 한 없습니다. ◀■
지리산 종주는 무사히 마쳤습니다. 처음 입어 보는 기능성
의류에 감탄했습니다. 측정 도구 없이 맨몸으로 느낄
정도로 가볍고, 젖으면 빨리 마르더군요. 배낭은 짐이
무거워도 어깨를 짓누르지 않았습니다. 특히 트란지아의
버너가 유용했습니다. 숟가락으로 뜬 국물이 옆으로
휘날리는 통에 그릇째 마셔야 했을 정도의 강풍을 완벽하게
차단해 준 덕분에 매끼 든든했습니다. ◀■
지금 다시 등산 장비를 준비한다면 오히려 스타일에 중점을
둘 듯합니다. 제가 무뎌서 그런지 몰라도 옷이 조금 덜
가볍다고 해서 중력을 거슬러 산에 오르는 데 큰 지장은
없을 듯하거든요. 성능 좋은 장비 덕분에 가시밭길을 꽃길
삼아 다녀와서는 뒤통수치는 소리 하는 걸까요?

■▶ 아침 7시에 문 열고, 에그샌드위치와
카츠샌드위치를 파는 카페가 있다면 얼마나
좋을까요!

아침 일찍 문 여는 카페 좋습니다. 이른 시각에
머리가 잘 돌아가는데 집이나 작업실처럼
익숙한 공간에서는 이른 시간이어도 마음이
느슨해지거든요. 뇌를 작동시키려면 적당히
긴장해야 합니다. 가끔은 아침을 카페에서
해결하고 싶어지기도 하는데, 그럴 때 기꺼운
메뉴가 준비되어 있다면 고맙지요. 공장에서
납품받아 냉장 보관한 샌드위치는 하루의
첫 끼니로 실격입니다. ◀■

　　셀프서비스 싫습니다. 차라리 서비스 비용을
　　따로 물리든가요. 따로 물린다면 당연히
　　그 비용에 합당해야겠지요. 제 단골 카페에서는
　　커피 잔을 오른손 쪽에 내려놓습니다. 사실
　　오른손잡이라 해서 오른손으로 커피 잔을 들라는
　　법은 없습니다. 잔 드는 습관까지 파악하는
　　데는 일정한 시간이 필요하거니와 이 손으로

들었다 저 손으로 들었다 하는 형국이니 방향이
맞지 않는다 해서 기분 상할 일은 아닙니다.
셀프서비스 업소에서 보기 힘든 배려지요.
LP 틀어 주는 카페가 있습니다. 카페의 본분인
커피 맛을 잘 내면서 주인장의 취향이 자연스럽게
드러나 흡족한 공간입니다. 오후 2시가
되면 제꺼덕 라디오를 켜 〈명연주 명음반〉을
들려줍니다.

술도 적당히 파는 카페가 좋습니다. 기왕이면
독주로요. 아침에 한 잔, 오후에 한 잔, 커피를
마십니다. 4시쯤 되면 카페인보다는 알코올이
당깁니다. 마침 카페에서 작업 중일 때 싱글몰트
위스키, 코냑, 포르투 와인이 선택권에 있다면
무척 반가울 텐데요.

인쇄된 냅킨은 제발. 종이 먼지와 화학 약품이
뒤엉킨 기계에 들어갔다 나온 냅킨을 식탁에
올리다니요. 이미 찾아온 사람한테 입 닦을 때조차
로고를 인식시켜야 하는 이유를 모르겠습니다.

제가 서울에서 가장 좋아하는 식당은
달팽이집만 한 크기에 에어컨도 없는 허름한
곳입니다. 허름하다는 말이 지저분하다는 뜻은
아닙니다. 낡은 건물이지만 청결하게 관리하고
있습니다. 심지어 식당이 생기기 전에 있던 업소
간판까지 그대로 붙어 있음에도, 그 무심함이
식당의 정책과 잘 어울려 오히려 개성으로
보입니다.

요즘 왠지 마사루 이마다 트리오 +2의 ‹그린
캐터필러(Green Caterpillar)›가 자주 생각나는데,
음반이 없어서 유튜브로 듣습니다. 사고 싶지만
구하기가 무척 힘드네요.

　　　　　음악이 귀에 맞는 장소는 드뭅니다. 같은
　　　　　앨범을 몇 시간씩 반복 재생하는 곳도 많습니다.
　　　　　그래도 음악을 바꿔 달라는 무례한 요구는
　　　　　하지 말아야겠지요. 음악이 거슬리면 조용히
　　　　　떠나는 수밖에 없습니다.

길거리에 늘어선 가게들이 제각각 트는, 스피커
성능을 웃돌아 지지직거리는 소음이 뒤엉킨
거리를 지날 때면 지옥이 따로 없습니다.
비교할 바 아니지만 영화 ‹백 투 더 퓨처›에서
과거로 간 마티는 음량을 최대한 키운 반 헤일런
노래로 젊은 아버지를 고문합니다.

　　　　　머그잔 싫습니다. 머그잔 특유의 퉁퉁한 두께에
　　　　　거부 반응이 입니다. 얼마 전에 날렵한 황동
　　　　　머그잔을 발견했는데 가게 주인도 저도 일본어를
　　　　　몰라 설명서를 읽지 못했습니다. “뜨거운 물을
　　　　　담으면 열이 전달되지 않을까요?” “글쎄요.
　　　　　그런 잔은 안 만들지 않았을까요?” 허술한 말에
　　　　　넘어가(고 싶어서 기꺼이) 샀습니다. 뜨거운
　　　　　물을 부었더니 곧바로 대기권에 진입하는
　　　　　물체처럼 불덩이가 되었습니다.

몽블랑, 워터맨, 파커, 셰퍼, 크로스, 라미는 왠지
내키지 않습니다. 몸통 허리께에 잉크 채우는

■▶벼르고 벼르다 델타 돌체비타 퓨전과 카베코 스페셜FP를 들였습니다. 부드러운 펜촉을 줄곧 동경해 왔으면서도 정작 구매한 펜촉은 팽팽한 놈입니다. 어째서 이리 오락가락하는지 모르겠습니다.

레버가 달린 콘웨이 스튜어트에는 관심이 갑니다.
합리적인 이유는 없습니다. 심지어 콘웨이
스튜어트는 실물조차 본 적 없으니까요. 이름이
멋있어서일까요? ◀■

지름 2밀리미터짜리 심을 넣는 샤프펜슬
좋습니다. 구닥다리와 테크놀로지가 조화를 이룬
아이템입니다. 여기에 파버카스텔의 앙증맞은
연필심 전용 깎이를 짝으로 더해야겠지요.
자그만 구멍에 심을 밀어 넣고 살살 돌리면
흑연이 곱게 갈리면서 가루가 밀려 나옵니다.
불편하게 느껴지지 않을 정도의 수고를 들여
사용한다는 점이 좋습니다.

수첩은 미도리가 최고입니다. 마음이 안정되는
미색 종이는 무척 부드럽고 끄적이면 스윽스윽
소리가 납니다. 제책된 부분이 먹히지 않고 쫙
펼쳐집니다. 본문 종이보다 약간 두꺼운 표지에는
기분 좋은 탄력이 있습니다. 무엇보다 아무것도
인쇄하지 않은 종이 자체를 그대로 표지로 사용한
점이 탁월합니다.

볕이 뜨거워지기 시작하면 리넨이, 바람이
차가워지면 코듀로이가 생각납니다. 리넨의
하늘하늘한 뻣뻣함, 코듀로이의 어쩐지 촌스러운
푸근함. 옷감의 양대 산맥입니다.

머리가 답답해서 모자는 쓰지 않는 편이지만
자전거 모자는 씁니다. 여름에는 땀을 흡수하고
겨울에는 귀를 덮어 줍니다.

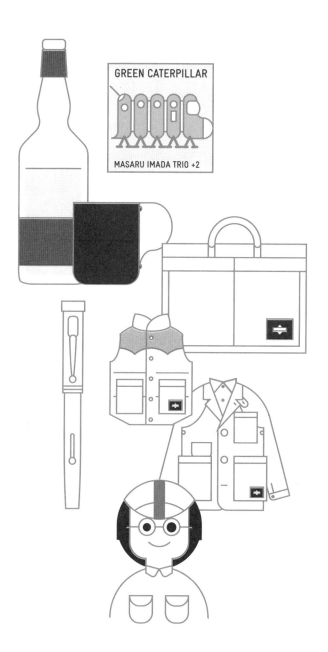

GREEN CATERPILLAR

MASARU IMADA TRIO +2

라파의 메리노 베이스레이어 훌륭합니다. 감촉이
부드럽고 이음새가 껄끄럽지 않습니다. 땀을
촘촘히 흡수해 겉옷이 젖지 않고 땀 냄새가 배지
않습니다.

페달을 밟아야 나가는 불편이 자전거의
매력입니다. 매력 있는 물건 중 상당수가 현대
기술을 적용하되 본질적인 부분은 대체하지
않음으로써 그 멋을 지켜 냅니다. 이를테면
변속기나 프레임의 진화는 계속되더라도 여전히
두 다리로 페달을 돌려야 하는 것이요.

일상적인 라이딩에는 브롬튼만 한 놈이
없습니다. 여행지에서 특히 진가를 발휘합니다.
여느 브롬튼 유저처럼 브룩스 안장과 그립은
달지 않으리라 다짐했지만 낡아서 교체할 때가
되면 생각이 달라질지도 모르겠습니다. 프레임을
보호하기 위해 많이들 두르는 가죽은 결단코
멀리하겠지만요.

가벼운 가방이 있는데 책 두 권만 넣으면 굉장히
무거워집니다. 주머니에 손잡이만 단다고 가방이
되지는 않는 모양입니다. 새로 산 포터의 가방은
손잡이에 패드를 넣어 폭신하게 처리했습니다.
가방이 무거워져도 무게의 부담이 덜합니다.

빔스에서만 파는 로키마운틴 페더베드와 포터의
컬래버레이션 다운 조끼를 우연히 구입했는데
매우 만족스럽습니다. 이렇게 포터 가방 특유의
소재로 된 커다란 주머니가 그대로 달린

■▶ 매우 가벼운 안경테를 구입했습니다. 저한테
잘 어울리면서 가벼우면 안경을 둘러싼 모든
문제가 해결될 줄 알았건만 지나치게 얇고
가벼우니 낭창거려 안정감이 부족합니다. 한 가지가
해소되면 새로운 문제가 떠오릅니다. 현재까지 가장
만족스러운 테는 가메만넨과 클라시코에서 나온
코받침 없는 모델입니다. 사뿐하고 견고하게 콧등에
착 붙는 안경테를 찾는 모험이 언제까지 지속될지
모르겠습니다.

스타일로 재킷이 나와도 괜찮겠습니다. 소매는
래글런이었으면 좋겠습니다.

무게가 중요한 물건으로 안경을
빼놓을 수 없습니다. 조금만 무거워도 어찌나
신경 쓰이는지요. 가메만넨의 코받침 없는 티타늄
테를 쓰면서부터는 다른 테 쓰기가 망설여집니다.
무겁지 않은, 소재의 특성상 어쩔 수 없다면,
그래도 참을 만한 무게의 뿔테를 틈틈이 찾아
보지만 아직 성과가 없습니다. ◀■

최근에 간 극장에서는 안경 쓰는 사람을
위한 전용 3D 안경을 주더군요. 다리를
없애고 알이 있는 부분만 남겨 각자 자신의
안경테에 걸치는 구조였습니다. 하지만 동그란
제 안경에는 맞지 않아 두 시간 동안 손으로 잡고
보느라 혼났습니다. 전국의 극장에 비치하려면
대량 생산을 했을 텐데 그 정도의 범용성
테스트도 하지 않다니요. 실제로 배려하기보다
그러는 척만 하고 싶었나 봅니다.

다니구치 지로는 만화 특유의 과장된 표현 없이
성실하게 그린 건조한 선으로 절절한 울림을
줍니다. 다니구치 지로의 만화를 보는 제 마음은
수면에 바짝 도사린 파동입니다. 잎사귀 끝에
맺혔다 겨우 떨어진 한 방울로 한껏 들썩입니다.

면봉 하나 살 때도 꼼꼼히 비교하고 사기 마련인데
건강이라는 중대한 문제를 너무 대충 다루나 싶어 다른
병원에서 영양 상담을 한 번 더 했습니다. 친구 한 녀석은
최소한 세 군데는 가야 한다고 주장했습니다. 두 군데
이상에서 같은 진단이 나와야 신뢰할 수 있다는 말이지요.
이번에도 역시 모형 식판이 놓여 있습니다. 상담실의
분위기는 지난번과 비슷합니다. 의자 모양도 비슷해
보이는군요. 심지어 벽에 붙은 포스터도 똑같습니다.
자라 보고 놀란 가슴이 솥뚜껑을 마주한 격입니다.
영양사가 첫 질문을 꺼냅니다.

"하루에 몇 끼 드세요?"

아하. 같은 패턴으로 진행되려나 봅니다. 이미 아는
질문이라 청산유수로 대답합니다.

"어쩔 땐 두 끼, 어쩔 땐 세 끼요. 어쩌다 한 끼밖에 못 먹는
날도 있긴 하지만 그런 경우는 거의 없고요. 아, 아주 가끔은
네 끼 먹을 때도 있네요."

"예에. 일주일만 놓고 봤을 때 몇 끼를 드시나요?"

"어느 일주일을 말씀하시는지요?"

나름 준비 좀 했습니다. 제 시간이고 제 돈이잖아요. 저도 원하는 걸 얻어야지요.

"최근에 가까운 주로 하죠. 지난주엔 어떻게 드셨나요?"

"지난주엔 예외가 많은 편이었는데요."

"그럼 평소처럼 드셨던 주를 기준으로 말씀해 보세요."

어라? 보통내기가 아닙니다.

"평소라…… 일주일 동안 먹은 음식을 통계 내 본 적은 없는데…… 어느 주엔 아침을 아예 거르기도 하고 어느 주엔 두세 번 먹기도 하고 어떤 주엔 꼬박꼬박 챙겨 먹기도 해서요."

"그래도 가장 빈도가 높은 식사량을 말씀해 보세요."

"아침은 일주일에 두어 번 정도 먹는다고 보면 그나마 비슷할 듯한데, 그럼 하루에 몇 끼라고 해야 옳을까요?"

"그러시면, 하루에 두 끼라고 해도 되겠죠?"

"예에…… 하지만 일주일이 칠 일인데 그 안에서 이삼 일은 무시할 수 없는 수치 아닌가요?"

"그럼 하루에 세 끼 드시는 것으로 할까요?"

"예? 그건 더 심하게 왜곡하는 것 아닌가요?"

"그럼 두 끼로 하죠."

"예? 예에……"

"한 끼 드실 때 밥은 얼마나 많이 드세요? 앞에 보시는 식판을 기준으로요."

"이것의 1.5배쯤 먹는 것 같은데 밥을 먹지 않을 때도 있어요."

■▶ 앱으로 개발하기 딱 좋은 아이템 아닌가요?
먹은 음식을 그때그때 체크하면 일주일 단위로
통계가 나오는 겁니다! 전 지구인이 영양사 앞에서
어깨 펴고 청산유수로 대답하는 모습을 상상하니
흐뭇합니다.

"그럼 반찬만 드시나요?"

"반찬만 먹는다기보다는…… 예를 들어 술을 마실 때는 생선구이랑 꼬치 같은 것만 먹기도 하거든요. 그럼 밥은 안 먹는 거죠."

"그럴 때가 일주일에 몇 번이나 되세요?"

"어느 일주일을 밀씀…… 아니, 그냥 일주일에 한 번으로 하죠."

"밥을 안 드실 때는 주로 생선을 드세요?"

"아뇨, 고기를 먹기도 하죠."

"고기는 일주일에 몇 번 드세요?"

"두세 번 먹는 것 같은데, 매번 고기만 먹는 건 아니고 밥이랑 먹을 때도 있죠. 반찬으로."

"고기만은 몇 번 드시고 밥이랑은 몇 번 드시나요?"

"저…… 꼭 그렇게 일주일에 몇 번 하는 식으로 답해야 하나요?"

"식사 패턴을 체크해야 하니까요."

"그런데 사람 생활이 일 년 내내 같을 수는 없잖아요. 온갖 변수로 가득하고, 예외가 언제 생길지 모르는데 어떻게 일주일에 몇 번이라고 말하죠? 올해엔 두 번 생긴 일이 작년엔 다섯 번 생겼을 수도 있고 재작년에는 스무 번 생겼을 수도 있는데, 그걸 일주일로 압축해서 패턴을 찾는 일이 가능한가요?"◀■

"단순한 질문이라 보통은 바로바로 대답들 하시는데요."

단순한 질문이라니……. 언제부터 세상이 천재들로 넘쳐 나는지 모르겠군요. 어쩌면 저는 나뭇가지 하나하나의 다채로움에서 눈을 떼지 못해 숲의 형체를 보지 못하는

모양입니다. 거대한 질문에 쉽게 대답하는 사람도 놀랍지만
아예 대답하지 못하는 저 자신도 새삼스럽습니다.
모든 현상을 점으로만 파악하면 흐름을 잡지 못합니다.
점을 어떻게 연결하느냐에 따라 세상의 그림이 완전히
달라지므로 섣불리 긋기도 곤란합니다. 한번 잘못 연결하면
저만의 문제로 끝나지 않고 저와 관계가 있는 모든 것에
영향을 끼치니까요. 이번 경우만 보아도 제 건강 상태가
온전히 대답에 달린 셈이니 세심하게 일반화해야 합니다.
동공이 풀립니다.
영양사는 아랑곳하지 않고 질문을 이어 갑니다. 대기자
줄이 점점 늘어나자 영양사도 어떤 결단을 내렸는지 제가
다시금 확인하는 질문을 해도 듣는 둥 마는 둥 뭔가를
쉴 새 없이 입력합니다. 답변 대신 내놓는 질문의 행간에서
유추하는 모양입니다. 알고 싶지만 저는 알지 못하는
대답을 영양사는 이미 아는 듯합니다. 다 끝났으니 가도
된다기에 영양사에게 묻습니다.
"그래서 제가 국은 얼마나 많이 먹는 편인가요?"
"앞에 놓인 모형의 1.5배 드십니다."
"그럼 과일은요?"
"일주일에 사과 네 개, 바나나 여섯 개 드시네요."
"정말요? 이번 주엔 사과 안 먹었는데……"
"오늘 들어가시는 길에 잊지 말고 사 가세요."
"아, 그러면 되겠네요. 그런데 딸기가 먹고 싶을 땐
어떡하죠?"
"드세요. 대신 미래의 어느 시점에 한 번 참으셔야죠."
"아, 그거 묘안이네요!"

"이번 주에 시금치도 한 접시 더 드셔야 합니다. 다음 주에
고기는 한 번만 드세요. 생선은 좀 그만 드시고요.
⋯⋯참! 시간 내서 팬프라이한 푸아그라도 좀 드세요.
졸인 배랑 에피스 빵 곁들여서요."

보름 뒤에 상담 결과가 나왔습니다. '영양소 과다
섭취'라고 합니다. 지난번이나 이번이나 저는 그대로인데
결과는 다릅니다. 두 번의 결과가 각각 다르니 한 군데
더 가야 할 모양입니다. 상담을 하기 전보다 복잡한
상황이 되었습니다. 앞으로 이십 년 동안 제 식생활을
관찰해 줄 사람을 구하지 않는 이상 결국 스스로 해결하는
수밖에 없나 봅니다. 글렌 굴드는 자신의 증상에 대해
스스로 공부한 다음 의사에게 자신의 의견대로 진단서를
써 달라고 요구했다는데, 꽤 설득력 있는 처사입니다.

■▶ 제가 알기로는 "잘못될 수도 있는 일이라면 기어이 잘못되고 만다."라는 뜻이라는데요, 잘못될 가능성이 없는 일도 있을까요?

오전의 한가한 카페로 작업하러 가려고 합니다. 옷을 고르려고 창밖을 봅니다. 아직 하루가 본격적으로 시작되기 전이니 현재 상태가 하루 종일 갈 리 없습니다. 날씨 앱으로 오늘의 최고·최저 기온을 확인합니다. 구름이 뭉실뭉실 피어오른 아이콘. 다시 한 번 창밖을 보니 하늘이 뿌연 것이 과연 나중에 비가 올 듯합니다.

저한테는 머피의 법칙이 거의 예외 없이 적용됩니다. ◀▪ 우산을 들고 나가면 쾌청하고, 놓고 나가면 비가 옵니다. 개찰구를 빠져나갈 때면 제 줄에서 늘 무슨 일이 생깁니다. 바로 앞사람 교통 카드에 문제가 있는지 수십 번째 태그를 시도하기에 옆줄로 옮기고 나면 그때를 기다렸다는 듯이 유유히 빠져나가는가 하면, 그다음엔 방금 옮긴 줄의 앞사람한테 문제가 생기곤 합니다. 설마 같은 일이 연달아 생기지는 않겠지 하는 마음에 꾹 참고 그 줄에서 버텨 봤자 문제는 결국 해결되지 않고 나머지 줄은 다 빠져나갑니다. 사회생활을 잘하려면 줄을 잘 서야 한다는데 말이지요. 아무튼 에토레의 고찰, 에토레의 고찰에 대한 오브라이언의

■▶ 오이디푸스도 맥베스도 결국 자신의 운명에서 벗어나지 못했습니다. 인류 역사에서 그 누구도 해내지 못한 일을 시도하는, 때로는 배짱 있는 사나이가 되기도 한답니다.

■▶ 이 이율배반은 끝없이 되풀이됩니다. 적당한 선에서 판단하지 않으면 다음 단계로 넘어가지 못합니다. 현 단계를 말끔하게 처리하고 넘어가느냐, 전체를 조망하기 위해 일단 제쳐 두느냐 하는 선택에 따라 인생이 달라집니다.

변형, 코박의 수수께끼, 교통 정체의 제1법칙, 홀로위츠의
법칙, 얼간이 법칙, 얼간이 법칙에 대한 블로크의 반론 등을
모두 아우르는 (선택적) 기억이 차곡히 쌓여 우산을 가지고
나가야 하나 말아야 하나 하는 단순한 선택을 놓고도
삼십 분씩 망설이는 처지가 되었습니다. 우산은 매일
아침 선택해야 하는 수많은 항목 가운데 하나일 뿐입니다.
어떻게 머피의 법칙을 피해 갈지 ◀■ 현관에 서 궁리하다
하루가 다 갈 때도 있습니다. 결국 집 밖으로 나가지도
못하면서 뭘 입고 나갈지 온종일 고민하는 셈입니다.
그래도 외출을 하지 못하면 비 맞을 확률은 확실히
줄어드니 철저한 패배는 아니라는 점으로 위안을 삼지요.
가만, 뭘 하고 있었더라……
그렇지, 날씨를 확인하고 있었습니다. 오후에 비가 올지도
모르겠다는 생각을 하고 있었지요. 비가 올 것 같다면
우산을 놓고 나가는 편이 좋겠지만, 우산을 두고 나가면
두고 나왔기 때문에 비가 올 테니 비가 오지 않게 하려면
우산을 가지고 나가야 합니다. ◀■ 세상살이가 이렇게
고약합니다. 하지만 제 희생으로 인류가 쾌적한 하루를
보낸다면 그리 나쁜 일만은 아닙니다.
우산 문제를 결정하기 위해 오늘이 우산을 수용할 만한
상황인지 점검합니다. 오늘의 목적은 작업이라 노트북,
전원 케이블, 무선 마우스, 교정지 한 뭉치, 수첩, 필통,
껴입을 겉옷 등을 들고 다녀야 합니다. 이동하면서 읽을
책도 넣어야 해서 가방 하나로는 벅찹니다. 짐이 많으면
금방 지칩니다. 작업은커녕 이동 중에 이미 피곤해져
모든 걸 포기하고 싶어질지도 모릅니다. 자, 우산은

과감하게 두고 나가기로.

대신 레인재킷을 챙깁니다. 지리산 종주 때 마련한
것입니다. 둘둘 말아 휴대하기 편하고 빗물을 완벽하게
막아 줍니다. 안 입으면 다행이지만 혹시 입을 때를 대비해
레인재킷과 어울리는 옷을 고릅니다. 요란하지 않은 회색
모노톤이지만 아웃도어 느낌이 물씬 나거든요. 정장
분위기의 바지는 최우선으로 제외하고 청바지도 뺍니다.
청바지는 흡수력이 탁월해 일단 아랫단이 젖으면 기세를
몰아 무릎까지 흠뻑 적셔 밑바닥으로 하염없이 처집니다.
잘 마르지도 않고요. 바닥에서 튄 빗물에 포함된 미세한
모래 알갱이까지 들러붙어 축축하고 뻣뻣하고 까슬까슬한
상태로 하루 종일…… 으악! 몸서리를 치며 청바지를
방구석에 팽개칩니다. 숨을 고르며 빗물이 튀면 지저분해
보일 밝은색 바지도 솎아 냅니다. 최종 후보로 황갈색과
올리브색 면바지가 남습니다. 황갈색은 직물의 겉과 안의
색상이 미묘하게 달라 접어 입으면 산뜻합니다. 올리브색은
자전거 의류 브랜드에서 만든 것이라 움직이기 무척
편하고 체인의 기름때가 묻기 쉬운 자리는 검정색 천으로
덧대어졌습니다.

이쯤에서 신발을 점검합니다. 신발은 사실 이미
정했습니다. 빗길에 미끄러지지 않는 고무 밑창에
(테스트해 보지 않아 사실인지 알 수 없지만) 물이 스미지
않는 공법으로 만들었다는, 옷에 따라 캐주얼하게도
드레시하게도 신을 수 있는 구두입니다. 가죽이라 물에
젖으면 당연히 좋지 않겠지만 대안이 없습니다. 천으로
만든 신발은 양말은 물론 발가락까지 수마(水魔)에 제물로

이런 재킷이 있으면 고민거리가 줄어들 텐데요.
생활 방수 소재에 지갑, 휴대용 티슈, 손수건,
필통 등 웬만한 소지품이 전부 들어갈 만한
주머니를 장착합니다. 책이나 레인재킷을 말아
넣을 수 있도록 허리 위치에 큼직한 주머니를
답니다. 왼쪽 가슴 주머니에는 뚜껑이 없어야
합니다. 그래야 내킬 때 포켓치프로 장식하지요.
두 시간쯤 더 잘 수 있는 디자인입니다.

바칠 터, 비 오는 날 생각할 수 있는 최악의 선택입니다. 오직 실용성만 따진다면 등산화가 더할 나위 없겠지만 등산화를 신고 다닐 수 없지요. 레인재킷은 등산용품 아니냐고요? 예, 그렇지요. 하지만 레인재킷은 어디까지나 비상용품으로, 운이 좋으면 입지 않아도 될 가능성이 있습니다. 신발은 어쨌든 신고 있어야 하니 사정이 다릅니다.

이 정도로 비에 대비할 작정이라면 우산을 챙기는 편이 차라리 낫지 않을까 하는 의구심이 다시 솟아오릅니다. 이럴 때 초심을 지켜야 합니다. 우산을 챙기지 않기 때문에 대비하는 것이니까요.

확정된 신발에 바지를 맞춰 봅니다. 통이 넓어서 코가 뭉뚝한 구두와 조합이 좋은 올리브색 바지가 좋겠습니다. 5센티미터 너비로 두 번 접으면 경쾌하겠지요.

앞으로는 비교적 쉬운 단계가 이어집니다. 제한 사항이 명확하면 해답은 오히려 쉽게 나오는 법입니다. (레인재킷은 머릿속에 펼친 채로) 확정된 신발과 바지에 어울리는 색상, 소재, 형태의 셔츠를 고릅니다. 리넨을 입기엔 서늘할 듯합니다. 흰색 면 라운드칼라 셔츠로 낙점. 단추를 끝까지 단정하게 채우면 백에 하나 레인재킷을 입게 되어도 방에서 뒹굴다 잠바만 대충 걸치고 나온 듯한 인상을 피할 수 있습니다. 자리에 잠깐 서 나중에 아웃도어 분위기가 덜 나는 레인재킷을 마련하면 어떨지 생각에 잠깁니다.

십 초,

이십 초,

■▶ 일어날지 말지 정하느라 두 시간은 족히 고민했으므로 실제로 일어난 시간은 훨씬 이릅니다만.

■▶ 세뇌하는 쪽도, 세뇌당하는 쪽도 뇌입니다.

삼십 초,

……

일 분,

이 분,

삼 분,

……

오 분,

육 분,

……

……

오늘 당장 사지도 않을 물건 생각은 이만 접습니다.
양말이 남았습니다. 양말은 발목 부위에 살짝 엿보이는
영역이지만 화룡에 점정하듯 취급해야 합니다. 만족스러운
만찬을 커피 한잔으로 망치기도 하니까요. 갈색 면실에
하얀 종이실이 섞여 질감이 오묘한 놈이 딱입니다.
서둘러 지하철역으로 향합니다. 새벽 5시에 일어나
준비했는데도◀■ 시계를 보니 어느 동네로 가든
점심시간에 도착하겠네요. 그렇다면 작업을 본격적으로
시작하기 전에 밥을 먹는 편이 낫습니다. 오랜만에
동네에서 벗어나는 날이니 누굴 불러내 같이 먹어도
좋겠다는 생각이 듭니다.
지금 가는 동네가 직장인 친구는 현우입니다. 음……
현우는 늘 바쁩니다. 이 시간엔 거래처에 방문했을
가능성이 크고요. 오랜 친구도 좋지만 간만에 가는
동네인 만큼 참신한 인물과 먹어도 괜찮겠다고 스스로
세뇌하기 시작합니다. ◀■ 하지만 오랫동안 연락을 안 한

뇌는 정말 대단합니다! 저 역시 이쪽 방면으로
만만치 않은 상대라고 여겼거든요. 십여 넌째
사장이자 직원, 가장이자 주부로 지내 온 터라
사장으로, 직원으로, 가장으로, 주부로 지내는 삶이
어떤 것인지 잘 안다……고 큰소리치고 싶지만
제 경우에는 어느 입장도 온전히 체화하지 못하고
있습니다. 한심하다고 생각하지 않습니다. 어느
쪽에도 치우치지 않아도 되는 상황은 여유를 품게
합니다.

사람한테 갑자기 연락하면 이상하게 여길 듯합니다.
그런 부담까지 떠안으며 밥을 먹고 싶지는 않습니다.
갑자기 전화해도 자연스러운 관계를 유지하고 있는
사람이…… 어디 보자…… 분명 한두 명 정도는……
참신한 인물이 기왕이면 여성이길 바랐지만 그게 뭐 대단히
참신한 일이라고 이런 위험을 무릅쓰나 하는 마음에 처음
떠오른 대로 현우에게 연락하기로 합니다.
텔레그램을 엽니다. 문자만 달랑 보내면 미처 보지
못할지도 모르겠다는 생각이 듭니다. 하필 그 순간
화장실에 있다든지, 회의 중이라든지, 잠깐 쉬러
나갔다든지, 문자를 놓칠 가능성은 많습니다. 그래,
문자보다는 통화하는 편이 낫겠지……. 하지만 만약,
올해 가장 중요한 미팅이 있는 자리였는데 내 전화
때문에 거래처 사장을 화나게 만들어 수십 억짜리 계약을
날린다면? 회의 중에 전화기를 켜 두는 무례한 사람과
거래하고 싶지 않다며 한 사내가 회의실을 박차고 나가는
장면이 머릿속에 그려집니다. 저만 해도 회의 중에
걸려 오는 모든 전화를 꼬박꼬박 받는 사람들 때문에
짜증 난 적이 한두 번이 아니니까요. 뭐? 근처라고? 그래,
그럼 그럴까? 나 곧 끝나니까 조금만 기다려. 그래?
으허허허…… 하는 시시껄렁한 내용으로 회의가 끝기면
얼마나 불쾌하겠는지요. 현우가 이 일로 회사에서 잘려
두고두고 원망한다면? 아니, 차라리 원망이라도 하면
좋겠는데 백수로 빈둥거리면서도 혹시 내가 이 일로
괴로워할까 봐 평온한 미소를 머금는다면?
식은땀이 등을 타고 흐릅니다. 역시 전화 대신 문자를

남기기로 합니다. 그런데…… 현우는 문자를 보지 못하고,
저는 답장을 기다리다가 어쩔 수 없이 혼자 식당에 들어가
이미 주문을 마쳤는데 마침 뒤늦게 문자를 확인한 현우가
다른 약속을 취소하고 같이 먹자고 하면? 괜히 먼저
밥 먹자고 해서 친구 약속까지 취소하게 만들어 놓고
혼자 식당에 있는 상황을 어떻게 수습하지? 사정을
설명하면 이해해 주겠지만 가까운 사이일수록 예의를
지켜야 하는 법입니다.

이제 시간이 정말 없습니다. 현우를 만나려면 다음 역에서
갈아타야 합니다. 갈아탈지 말지 정하려면 우선 현우의
답장을 받아야 하는데……

○

다 포기하고 혼자 카페에 갔더니 수많은 사람이 일행끼리
모여 앉아 수다 떨며 먹고 마시고 있습니다. 도대체
어떻게들 약속을 잡았을까요? 저는 벌써 기운이 다하고
맥이 빠져 작업은 포기해야 할 듯합니다.

배가 아파 새벽에 깼습니다. 설사였습니다.
화장실에 갔다가 다시 누웠습니다. 눕자마자 바로
또 꾸르륵거렸습니다. 다시 한 번 화장실. 이번엔
속도 울렁거리고 머리까지 아파 정신을 차릴 수가
없었습니다. 변기에 머리를 대야 할지 엉덩이를 대야 할지
모르겠더군요. 느낌이 예사롭지 않았습니다. 혹시
말로만 듣던 식중독?
응급차를 부르려고 핸드폰을 찾았습니다. 옆구리 쪽에 놓인
핸드폰을 집다가 정신이 번쩍 들었습니다. 땀범벅으로
병원에 가면 간호사랑 의사가 얼마나 불쾌해할까요. 내가
내 몸 만지는 것도 이렇게 싫은데. 응급차 부르기 전에
샤워를 하기로 했습니다.
침대에서 몸을 굴려 떨어뜨렸습니다. 굴러떨어진 충격으로
몇 초간 꼼짝도 못하다가 왼손으로 배를 움켜쥐고 오른손,
왼쪽 팔꿈치와 허벅지로 몸을 밀어내며 기었습니다. 신이
모든 걸 지켜볼 수 있대도 그 순간만큼은 한눈팔기를

■▶영화 ‹미션›에서 로버트 드 니로는 참회의
눈물과 용서받았다는 고마움과 회심의 기쁨을
뭉뚱그리는 명연기를 펼쳤습니다. 그런가 하면
한국에는 "울다 웃으면 똥구멍에 털 난다."라는 말이
있습니다. 그 말이 사실이라면 울다 웃어 본 적 없는
사람은 하나도 없다는 말이겠지요.

바랐습니다.

오 도 이상 벌어지지 않는 사지를 비틀고 척추를 꿈틀거려
옷을 벗었습니다. 잔뜩 웅크린 채 온몸이 땀에 뒤덮여
번들거리니 마치 올리브유에 푹 담갔다 꺼낸 새우처럼
보였을 겁니다. 새우 카수엘라가 연상되어 저도 모르게
웃고 말았습니다. 웃으니, 팔다리가 널레널레 흔들리는
꼴이 이번에는 수족관 안에서 급류에 휩쓸려 발버둥치는
새우입니다. 사지에서 힘이 다 빠져나갔지만 기합을 넣어
허우적거려 봅니다. '정말 똑같잖아.' 몸을 부르르 떨며
격하게 웃었습니다. 복통이 저를 다시 현실로 이끌어
눈물을 자아냈습니다. 웃겨서 나오는 눈물인지 아파서
나오는 눈물인지…… ◀■

산 너머 산이라고, 다음 장애물은 허들처럼 버티고
있는 욕실 문지방이었습니다. 눈을 감고 현실에
온전히 집중했습니다. 심호흡을 한 후 문지방을
향해 나아갔습니다. 영락없이 송충이가 솔잎 넘는
모습이었습니다.

목적지인 욕실에 들어섰습니다. 샤워기까지 남은 거리는
대략 2미터. 눈을 찡그려 응시했습니다. 다시 응용 포복.
타일 바닥이라 몸서리나게 차가웠고 몸을 밀어낼 때
배겼습니다. 자세를 바꿔 쪼그리고 앉았습니다. 오리걸음
자세로 어깨부터 팔꿈치까지 상체에 밀착한 채 팔꿈치와
손목만 이용해 샤워를 했습니다. 그 와중에 따뜻한 물은
정말 기분이 좋다고 느끼며, 그 순간이 조금이라도 오래
지속되기를 바라는 심정으로 잠시 넋을 놓았습니다. 그러고
있을 때가 아니라는 자각은 있었지만 정신의 파트너인

■▶ 놀라운 만화입니다. 네 컷 중 두 컷이 밥상 뒤집는 장면에, 대사는 한마디도 없는 에피소드가 허다한데도 스토리가 차지게 이어집니다.

육체는 딴청을 부렸습니다. 두 파트너는 합의 아래
비누칠은 포기하고 끈적임만 씻어 냈습니다.

모든 과정을 역순으로 꿈틀꿈틀 되풀이해 새 팬티와 옷을
입고 핸드폰을 들었습니다. 또, 정신이 번쩍 들었습니다.
돈! 치료받고 나서 돈이 없다고 하면 어떻게 될지
모르잖아요. 그 시각에 누굴 불러낼 수도 없고요. 지갑을
확인하니 다행히 약간의 돈이 있었습니다. 혹시 모자라면
카드가 있으니까요.

이제 됐나? 가만. 링거를 맞으라고 하면 몇 시간을 누워
있어야 할 터. 만화책을 챙기기로 했습니다. 한 번 더 어깨,
팔꿈치, 허벅지를 연동해 책장까지 기어갔습니다. 고개만
조심조심 돌려 책장을 바라봤습니다. 안경을 안 썼다는 걸
깜빡했습니다. 안경이 놓인 침대 옆 서랍장으로 돌아가는
길이 명절 귀성길 같았습니다. 겨우 도착해 안경을
썼습니다. 병실이라는 특수 상황을 고려해 골라야 합니다.
글자 수는 적고 골치 아프지 않은 것으로. 《자학의 시》 ◀■?
글자 수는 확실히 적지만 심경이 복잡해지지 않을까?
차라리 《배가본드》로 극기의 의지를 다지는 편이 나을까?
어쩌면 《고독한 미식가》를 보면서 일상으로 복귀할 준비를
하는 게 나을지도 몰라. 아니면……

배에서 다시 한 번 신호가 왔습니다. 이제 정말 가야
합니다. 가야 한다는 생각과 함께 양말을 신을지 말지가
새로이 결정해야 하는 사안으로 떠올랐습니다. 들것에
실리기는 처음이라 출발지는 방이지만 병원에 도착하면
바로 병실 침대로 옮겨지는지 우선 맨바닥에 내려서야
하는지 모르니까요. 게다가 오줌이라도 마려우면 화장실에

가야 하고. 검색해 보려다 너무 유난 떠는 듯해 그만두고
상식적으로 판단하기로 했습니다. 응급 상황이라는
점을 고려해 맨발에 신발만 신기로 마음먹었습니다.
자다 실려 가는 만큼 맨발이 아무래도 자연스럽겠다고
생각했습니다. 이것도 외출이랍시고 양말까지 챙겨 신고
온 걸 보면 산호사들이 놀랄지도 모르니까요.
책장에서 침대까지 포복하는 동안 양말 포기 결정을
했으니 응급 처치에 필요한 시간을 번 셈입니다. 핸드폰은
들었는데 번호가 119인지 911인지 헷갈렸습니다. 먼저
911을 눌렀더니 없는 국번이라네요. 그렇다면 119겠지요.
오 분 뒤 전화가 왔습니다.

"응급차 부르셨어요?"

"예!"

"본인이 부르신 거예요?"

"예!"

"환자는요?"

"저요!"

"……"

"……"

"몇 층이세요?"

"6층이요."

"엘리베이터 있어요?"

"없어요."

"……"

"……"

"어떻게 아프신 건데요?"

■▶ 만약 걸을 수 없는 상태였다면 저는 어찌 되었을까요? 엘리베이터가 없는 집에 사는 사람은 응급실에 실려 갈 수도 없는 걸까요? 응급 상황을 위해 자일, 하켄, 카라비너를 구비해야겠습니다.

"모르겠어요⋯⋯ 식중독인지 배가 아파서 깼어요."

"저희가 올라가서 부축하면 내려오실 수 있겠어요?
6층까지 스트레처카 가지고 올라가기가 힘들거든요.
굉장히 크고 무거워요."

"예?"

"들것이요. 이게 굉장히 크고 무거워서 계단 오르기가
힘들어요. 걸을 수 있으세요?"

"아⋯⋯ 그럼 걸어야죠." ◀▪

역시 양말을 신어야 할지 재고했지만 번복하지 않고 원래
결정에 따르기로. 병실 침대에 누울 때 양말을 벗으려면
번거로워지니까요. 만화책이 삐져나온 에코백에 꽂힌
119 요원의 시선은 무시하고 들것에 올라탔습니다.
역시 식중독이었습니다. 한쪽 구석에 누워 링거를
맞았습니다. 입가가 올라갔습니다. 만화책 챙기길 잘했지요.
하지만 몸에서 물이란 물은 다 빠져나간 터라 볼 여력이
없었습니다.

배가 다시 아프기 시작했습니다. 링거병을 스탠드에
걸었습니다. 병원 복도에서는 차마 길 수 없어 한 발짝
한 발짝 끌었습니다. 신호는 계속 왔지만 몸에서는 더 이상
나올 게 없었습니다. 기진맥진 침대로 가는데 카운터의
간호사가 마감해야 한다며 진료비를 먼저 내라고 하더군요.
선견지명에 스스로 탄복하며 지갑을 가지러 갔습니다.
한 손으로는 여전히 배를 움켜쥐고 다른 손으로 지갑을
펼친 다음 도로 접히지 않게 턱으로 눌렀습니다. 그랬더니
돈이 보이지 않더군요. 눈을 있는 대로 흘겨도 잘 보이지
않았습니다. 번데기처럼 잔뜩 웅크린 채 지갑을 째려보는

■▶ 제임스 본드의 유명한 대사가 있습니다.
"마티니. 흔들지 말고 저어서." 흔든 맛과 저은 맛을
구분할 수 있다고? 순 허세라고 여겼는데요,
한 카페에서 그 의미를 이해하게 되었습니다.
찬 우유에 에스프레소가 마블링되는 장관도
멋지지만(비스콘티 만년필을 보는 듯합니다.)
우유와 커피의 맛이 분리된 채 입안에서 조화를
이루는 매뉴팩트의 아이스 플랫화이트는 세계
탑 10 안에 들리라 확신합니다! 살짝 다른 얘기지만
커피에 곁들이는 포멜로 또한 일대 궁합이지요.
……먹지 말라는 것만 통합적으로 떠오릅니다.

모습이 수상쩍었는지 간호사가 다가왔습니다.

"도와 드릴까요?"

간호사가 현금을 빼 갔다가 잔돈을 들고 와 지갑에
넣었습니다.

비몽사몽 아침이 왔습니다. 집에 갈 때는 택시를 탔습니다.
신발을 안 신었으면 곤경에 치힐 뻔했습니다.

집에 온 다음에도 여전히 속이 편하지 않았습니다.
누워 있기조차 힘들었습니다. 입맛 없다고 굶으면 더
안 좋아질 듯해 죽이라도 사 먹을 겸 바람 쐬러 나갔습니다.
밤에 다시 설사 몇 차례. 한여름인데도 으슬으슬해 이불을
턱까지 덮고 잤습니다.

의사의 지시에 따라 다음 날 다시 병원에 가 주사를 맞고
약을 처방받았습니다. 약국에서 약을 지어 주며 피해야
하는 음식을 일러 주었습니다. 우유, 과일, 커피, 찬 것,
기름진 것, 술 등. ◀▪ 찬 것은 원래 별로 안 먹으니까
상관없었고, 술은 저녁에 맥주 한 병씩 마시는 재미가
있었는데 자제해야 한다고 생각하니 좀 아쉬웠습니다.
커피야 며칠쯤 참을 수 있습니다. 기름진 것도 오케이.
과일은 매일 아침 먹는데, 당분간 아침을 굶어야 한다는
뜻이네요. 며칠 전 사 둔 멜론이 간절해졌습니다. 한술
더 떠, 먹지 말라는 음식들이 갖가지 조합으로 먹고
싶어졌습니다. 찬 우유, 고량주에 중국 요리, 위스키 탄
카페라테……

오래전에 본 드라마 〈허준〉이 생각났습니다. 기억이
정확하지는 않지만, 어떤 부부가 찾아와 "아니 사흘이면
낫는다는 병이 왜 아직 이 모양이우!" 하자 안구와 혀를

확인하고는 버럭 화를 내며 "내 ○○를 먹이지 말라 이르지 않았소! 왜 내 말을 듣지 않은 것이오! 앞으로 엿새는 더 지나야 하오!" 하며 자신의 처방을 따르지 않은 부부를 나무라는 허준. 금지된 음식과 ‹허준›의 장면이 머릿속에서 교차했습니다.

■▶ 비 오는 날에는 거실 유리창에 부딪히는
빗소리와 섞이는 트럼펫 연주를 듣는 것이
호사입니다. 여기에 지구 자전 반대 방향으로 내린
드립커피를 곁들이되 향은 왼쪽 콧구멍으로만
들이켜면 좋겠지요. ……농담입니다.

■▶ 당연히 싫겠지요. 어쩌자고 당연한 걸 물을까요?

ㅁ

아직 직장에 다닐 때였습니다. 장맛비 탓에 출근길이
유난히 힘든 날이었지요. ◀■ 한 손엔 가방, 다른 손엔
젖은 우산, 어깨엔 노트북, 전철은 만원. 승객 모두 한 손엔
가방, 다른 손엔 젖은 우산. 날은 더운데 밀폐된 공간에
습기가 가득해 땀이 비처럼 흘렀습니다. 갈아탈 때는
우산 하나 들어갈 틈도 없이 꽉 차서 한 대를 그냥 보내고
다음 차를 타야 했습니다. 전철역에서 내려 회사까지 가는
좁은 골목에는 커다란 빗물 웅덩이가 생겨 멀리 돌아가야
했고요. 십오 분 지각했습니다.

저 말고도 지각한 사람이 몇 명 더 있었는지 이사가
투덜대고 있었습니다. 비가 오면 늦을 걸 예상해 평소보다
더 일찍 나오는 게 상식 아니냐고 고함치는 이사의 눈길이
모니터를 응시하던 직원에게 향했습니다.

"거기 뭐야! 상급자가 말하는데 딴청 부려? 너 회사 다니기
싫어?" ◀■

점점 언성이 더 높아지더니 직장 생활의 '기본'에 관해

■▶ 위성 신호로 움직인다는 시계는 이럴 때
안성맞춤이겠군요. 51, 53쪽에서 언급한 과도한
기능에 관한 비판은 이번 일화에서만 일시적으로
철회하겠습니다. 말하고 나면 후회되고, 그렇다고
말을 안 할 수도 없고 말이지요.

■▶ 어떤 상황에 처하냐에 따라 인간의 능력은
무한히 확장합니다. 저는 군에 있을 때 방송
청취병이었습니다. 좌우에 다른 방송이 나오는
헤드폰을 쓰고 동시에 두 방송을 들으며 무슨
뉴스가 나오는지 받아 적었습니다. 정오가 되면

한바탕 연설이 펼쳐졌습니다. "사회생활에서 가장 중요한 자질은 프로 정신이다, 프로는 공과 사를 구분할 줄 알아야 한다, 앞으로는 철저히 평가해서 고과에 반영하겠다." 하는 내용이었습니다. 상급자의 명이니 따라야지요.

우선 아침에 십오 분 지각했으니 십오 분 연장 근무를 할 생각입니다. 하지만 전날에는 10시 반에 퇴근했습니다. 저녁밥 먹은 시간을 빼면 세 시간 초과 근무를 한 셈입니다. 야근 수당이 없으므로 초과 근무 시간을 정상 근무 시간에서 빼야 이치에 맞겠지요. 중간에 커피를 한 잔 내렸고 잠깐 편의점에 갔다 왔습니다. 몇 분 걸렸는지 확실히 모르니까 넉넉잡아 삼십 분을 뺐습니다. 근무 시간에서 두 시간 반을 뺀 다음 아침에 늦은 십오 분을 더하면 퇴근 시각은 3시 45분. ◀■ 지난 세월 야근한 시간을 전부 합치면 앞으로 일 년쯤 유급 휴가를 가도 되겠지만 정책 발표 이전까지 소급해서 계산하면 너무 가혹하니 양보하기로 합니다. 그러고 보니 전날 한 야근도 적용하기엔 무리가 있네요. 오케이. 지난날은 너그럽게 눈감아 주기로.

출근길 전철 안에서 진행 중인 소책자의 콘셉트를 구상했습니다. 우산살 하나 들어갈 틈 없는 공간에서 말이지요. 수첩에 남긴 스케치를 증거물로 확보합니다. 혹시 궁금해하는 분이 계실까 봐 미리 밝히지만 스케치는 입에 펜을 물고 했습니다. 손을 움직일 수 없었으니까요. ◀■ 전철 안에서 보낸 시간이 약 한 시간 십 분. 중간에 잠깐 딴생각을 한 점을 감안해 오 분을 빼면, 퇴근 시각은 4시 55분. 여기에 지각한 십오 분을 더하면 5시 10분. 5시 10분에 퇴근할 생각을 하니 힘이 불끈 솟습니다.

양쪽에서 뉴스가 나왔지요. 왼쪽 귀와 오른쪽 귀는
분리됩니다! 그 경험에 고무되어 왼쪽과 오른쪽
콧구멍을 분리하는 훈련을 했지만 비염 탓인지
성과가 없었습니다.

공과 사를 확실히 구분하니 그동안 빼앗긴 재산을
되찾는 기분입니다. 이런 기분으로 일하면 직장 생활도
할 만하겠다는 기대로 오전 근무 시간을 꿈결처럼
흘려보냈습니다.

점심시간. 오전 연설이 마음에 걸렸는지 아니면 다른
약속을 못 삽았는지 이사가 밥상블에 섬심을 함께하자고
합니다. 여느 때와 같이, 일하는 데 별문제 없느냐며, 있다
한들 해결되지 않을 일들에 대해 속 빈 잡담을 나누고
사무실로 돌아갔습니다. 이사의 공과 사 개념에 따르면
이 점심시간은 명백히 업무의 일환이었으므로 퇴근 시각을
오십 분 앞당겨야 합니다. 퇴근 시각까지 앞으로 세 시간 반.
일은 쌓여 가는데 일할 시간은 계속 줄어듭니다. 직장
생활은 역시 힘듭니다. 심란한 마음으로 커피를 한 모금
삼키는데 사장이 회의를 소집했다는 전갈이 옵니다. 일할
시간이 더 깎여 나가는군요.

소득 없는 회의로 탕진한 시간을 만회하려고 집에서
일하기 시작했습니다. 늘 해 오던 습관대로 저도 모르게
그리한 것이었지요. 한 시간 남짓 지나서야 잊고 있던 공사
분리 정책이 떠올랐습니다. 아무리 다급해도 그렇지 집에서
회사 일을 하다니! 일을 하려 하면 할수록 할 수 없게 되는
야속한 현실.

다음 날은 근무 시간을 늘리기 위해 일부러 한 시간
지각했습니다. 전날에 원래 4시 20분에 퇴근해야 했는데
회의 시간이 길어지는 바람에 삼십 분 초과했고, 집에서
실수로 일한 시간을 빼니 퇴근 시각이 4시 반으로
정해졌습니다. 따라서 지각으로 번 한 시간을 더해 봤자

5시 반까지밖에 일하지 못한다는 계산이 나옵니다.
도대체 일은 언제 하나, 무거운 마음으로 사무실에
들어섰습니다. 그렇게 얘기했는데 또 지각이냐며 못마땅한
표정을 짓는 이사. 어이없는 쪽은 저였습니다. 내키지 않는
지각까지 억지로 해야 하는 마당에 말이지요. 하지만 프로
정신에 입각해, 사정이야 어떻든 지각한 건 사실이므로
입을 다물었습니다. 일할 시간을 확보하려면 얼른 딴짓을
해야 하니 지체할 시간이 없었습니다. 회사에서 할 수 있는
딴짓이란 고작해야 인터넷 서핑 정도입니다. 웹브라우저를
열고 별로 궁금하지도 않은 소식을 훑으며 여기저기
기웃거렸습니다. 하늘이 무너져도 솟아날 구멍이 있는 법.
절묘한 해결책이 떠올랐습니다.
농땡이!
업무 시간의 농땡이가 노는 것이라면 노는 시간의 농땡이는
일 아닌가요? 일을 농땡이의 영역으로 전환할 수도 있음을
어째서 진작 생각해 내지 못했을까요?
훔친 떡이 맛있다지요. 노는 시간에 일을 하니
상쾌하기까지 했습니다. 그런데 가만. 근무 시간에 피운
농땡이는 추가 근무로 메워야 하듯이 노는 시간에 피운
농땡이는 근무 시간에서 덜어 내야 계산이 맞나? 하아…….
부부 싸움이 따로 없습니다. 칼로 물 베기라면서요.
공과 사는 부부 같은 관계일까요? (사실은 얼마든지
가능한 일인데도) 제도라는 틀에 매여 뗄래야 뗄 수 없는?
억지로 행동을 제한하는 제도를 탓해야 할까요, 제도에
묶일 만큼 방만한 관계를 탓해야 할까요? 그도 아니면
자업자득일까요?

(굳이 알아보기 힘든 형태로 그리고서
일일이 설명을 덧붙이는 행동은
대범함일까요, 배려일까요, 소심함일까요?)

ID

배려와 소심함은 구분하기 어렵습니다. 저는 그렇더군요.
디자이너라는 직업 탓일지도 모릅니다. 업계 구조상
디자이너는 늘 을(또는 병 또는……. 그다음은 생각하지
말기로)입니다. 갑의 요청이나 요구에 응대하는 일이
반복되면 피해 의식에 빠지기 쉬워 어쩌다 갑 입장이
되어도 을처럼 굴고 맙니다.

이를테면 식당에서. 마음대로 메뉴를 골라도 되고 경우에
따라 앞접시를 요청해도 되지만 실내를 둘러보고 바빠
보이면 그냥 된장찌개를 주문하거나 앞 접시 대신 밥그릇
뚜껑을 사용하거나 탁자에 냅킨이 없으면 제 가방에서
티슈를 꺼내 사용하곤 합니다. 배려일까요, 소심함일까요?
조금 더 솔직해지자면 딱히 직업을 탓하기도 힘듭니다.
일화는 대학 시절까지 거슬러 올라갑니다. 미용실에
갔습니다. 헤어디자이너가 피곤했는지 실수로 귀에
상처를 내더니 한쪽 옆머리만 지나치게 짧게 자르는
바람에 어쩔 수 없이 옆머리 전체를 거의 빡빡 밀고

귀 옆 일자로 밀지 말고 바리캉도 쓰지
말라니까⋯⋯!(45쪽 참조)

말았습니다. 속상해서 흐르는 눈물을 받아 머리를
감아도 될 지경이었지만 이내 마음을 다잡았습니다.
화낸들 이미 잘려 나간 머리카락이 다시 붙겠어요, 피가
철철 흐르는 귀가 아물겠어요. 안 그래도 미안해 몸 둘 바
모르는 사람한테 난동을 부리면 심정이 어떨까 싶어 정작
내뱉은 말은 "괜찮아요, 그럴 수도 있죠 뭐."였습니다.
짜증 난 것도 사실이지만 그 말도 진심이었습니다.
배려일까요, 소심함일까요?
언젠가는 세탁소에 핑크색 운동화를 맡겼는데 초록 물이
들어 왔습니다. 아끼는 운동화였기 때문에 용기를 내
따졌습니다. "세탁 맡겼더니 더 더러워지면 어떡해요?"
"죄송합니다. 세탁비는 받지 않겠습니다." 세탁비는
받지 않겠다고? 그야 당연한 일이고, 앞으로 신지 못할
운동화는 어쩌란 말인가요? 멀쩡한 신발을 버리게
되었는데 세탁소 주인은 세탁비만 받지 않으면 책임을
다하는 거라고 여겼을까요? 저는 왜 더 이상 강하게
밀어붙이지 못했을까요? 그동안 자주 가서 안면을 텄기
때문에? 신발값을 전부 받아야 할지 (어쨌든 중고이니)
일부만 받아야 할지 몰라서? 결과적으로 신발 한 켤레가
없어진 셈인데 중고 가격만 받으면 같은 급의 신발을 살 수
없잖아요. 돈으로 변상하기 싫다면 제가 신던 것과 똑같은
방식으로 낡은 동일한 모델을 구해 오라는 대안을 제시하는
방법도 있습니다. 논리적이지만 억지지요. 피해자의 마음이
혼란스러우니 가해자도 마찬가지겠지 하는 생각에 그냥
돌아왔습니다. 배려일까요, 소심함일까요?
셔츠 맞추려고 매장 매니저에게 전화 걸었을 때도 언제가

■▶ 마침내 가는 날 하필 비가 와 택시를 탔습니다.

"아저씨, 저 앞 사거리에 깜빡이 켠 은색 차
근처에서 세워 주시면 되는데요, 저 내린 다음에
어느 방향으로 가세요? 사거리 전에 내리는 편이
나을까요? 차선 옮기기 불편하시면 차라리 지금
내릴까요? ······아저씨? ······기사님? ······선생님?"

괜찮냐고 물어본 쪽은 저였습니다. 가만 보니 판매원들은
직장인이 점심시간을 이용해 일을 보는 경향을 감안해
그 시간을 피해 밥을 먹더군요. 제가 판매원 점심시간을
배려한답시고 밥때 지나서 찾아간다면 그야말로 밥시간에
딱 맞춰 등장할 터. 하지만 점심시간 전에 먹는지 후에
먹는지야 알 수는 없지요. 그런 일로 딤징을 고용하기도
멋쩍고, 시간대별로 방문해 밥때가 언제인지 알아내기엔
에너지 손실이 너무 크고요. 민폐 끼치고 싶지 않아
점심시간이 언제냐고 묻자 매장 매니저는 왜 남 밥 먹는
시간에 간섭하느냐는 태도로 "그건 저희가 알아서 합니다.
손님 편하신 시간을 말씀해 주세요."라고 대꾸하더군요.
저는 "아, 예, 그럼 3시쯤에 갈게요." 했습니다. 그 시각이면
직원들도 돌아가며 밥은 다 먹었을 것 같아서였습니다.
'쯤'이라는 단서를 달아 도로 사정에 따라 조금 일찍
또는 늦게 도착할지도 모른다는 암시까지 넣어서요. ◀▮
배려일까요, 소심함일까요?
지난 일을 하나둘 곱씹자니 '내가 멍청한가?' 하는
생각이 듭니다. 무참히 두드려 맞으면서도 가해자의 손에
피 묻을까 봐 걱정하는 격 아닌가요? 배려도 소심함도 아닌
지질함일까요?
배려와 소심함의 경계에 아슬아슬 선 성격은 작업할 때도
한계를 드러냅니다. 협력하는 데 애먹는 것이지요.
일러스트레이터에게 수정을 요청하기 어려워하는 성격
탓에 그림을 의뢰하지 않습니다. 상대방이 제 요청에
아무리 기분 좋게 응해도 저는 편하지 않습니다. 반대로
저는 늘 수정해 달라는 요청을 받는 입장입니다.

■▶ 잘 아시겠지만 기본 사양값은 사람마다 다릅니다. 인생의 흐름을 결정짓는 변수지요.

+

국립국어원에 따르면 배려(配慮)는 "도와주거나 보살펴 주려고 마음을 씀.", 소심(小心)은 "대담하지 못하고 조심성이 지나치게 많음."이라는 뜻이라고 합니다. 그래도 헷갈립니다.

어쩔 땐 괴롭지만 어쩔 땐 오히려 잘 풀려 기분이 좋기도
합니다. 싫든 좋든 수정 작업 자체는 제 일에 따르는
기본 사양◀■으로 인지하고 있습니다. 같은 업종에
속한 사람 대부분이 그러겠지요. 그럼에도 수정해 달라
요청하지 못한다면 순전히 제 결함 탓입니다. 잠깐
님 탓 좀 해 보자면, 갑 자신이 김도힐 때는 필요 이싱으로
많은 시간을 쓰고 을에게 요청할 때는 최소한의 말미만
주는 데에도 원인이 있습니다. 병이 수정하는 데
쓸 수 있는 시간이 너무 촉박해 그런 요청을 한다는 사실
자체가 실례라는 생각이 들기 때문입니다. 병이 기꺼이
수락한다 해도 그런 상황을 허용하는 일 자체가 무례를
동반한다면 수행하지 말아야 하지 않을까요? 배려일까요,
소심함일까요?

('회색 인간'이라면 이런 짓
절대로 하지 않겠지요.)

예전 직장 동료 중 '회색 인간'이라는 별명이 붙은 친구가 있습니다. 피부 톤을 포토숍에서 그레이 스케일로 변환하면 낯빛이 그야말로 회색이라는 의미에서도 그렇지만, 그리 불리게 된 진짜 이유는 단 한 번도 본인의 의사를 제대로 밝힌 적이 없기 때문입니다.

예를 들어 점심시간에 "뭐 먹을까요?" 물으면 "전 아무거나 다 괜찮아요." 합니다. 카페에서 "뭐 마실래요?" 물으면 "전 뭐 아무거나……." 하면서 다른 사람은 뭐 주문하나 끝까지 다 듣고는 가장 많이 나온 메뉴에 "저도 그거요." 하고 보태곤 했습니다. 자기 입장을 밝혀야 하는 자리에서도 말머리에 늘 "뭐, 사람마다 다르겠지만……"이라든가 "제 말이 옳다는 건 아니지만……" 하면서 자신은 중립을 지키겠다는 의사를 표시하곤 했습니다.

한번은 클라이언트가 시안을 수정해 달라고 요구했습니다. 늘 있는 일이지요. 표지 바탕에 쓰인 노란색이 너무 '쌩'하니

좀 더 '세련되고 따뜻한' 노랑으로 바꿔 달라더군요. 회의가
열렸습니다. 대표가 운을 뗐습니다.

"자, 명 팀장(회색 인간)이 한번 말해 보지? 어떻게 생각해?"

"……예, 뭐, 어디까지나 제 개인적인 의견입니다만,
이 노란색을 '쌩'하다고 보는 입장에서는…… 충분히
그렇게 느낄 수도 있다고 생각합니다……."

음……

"그래? 그래서?"

"……뭐, 다른 의견도 있을 수 있겠지만 좀 더 세련되고
따뜻한 노랑으로 바꾸려면…… '쌩'해 보이는 요소 대신 좀
밝은색을 쓰면 되지 않을까 합니다……."

음……

처음엔 회사에 적응이 아직 안 돼서 그러는 줄 알았습니다.
한두 달 지나면 괜찮아지겠지 했는데 회색 인간은 유달리
대쪽 같은 의지의 소유자였습니다. "일관성 있다."라는
말이 한편으로는 "발전이 없다."라는 의미라는 걸 그제야
알았습니다. 박 팀장이 끼어들었습니다.

"그렇다면 마젠타와 옐로를 어느 정도로 조절하면
좋을까요? 별색이 나을까요?"

"……그런데 색상이라는 게 또 사람마다 받아들이는 데에
차이가 있으니……"

"다른 사람 생각은 하지 말고 명 팀장 생각만 말해 봐요!"

"……다 다르게 생각할 수밖에 없는데 공개적인 자리에서
어떻게 제 생각만 말해요……."

회의 시간이 어떻게 지났는지, 무슨 결론이 났는지
모를 때가 많았습니다. 결국 담당자가 알아서 두어

가지 변형안을 보내는, 늘 같은 패턴에 이르는 회의를
세 시간씩 하곤 했습니다. 쓸데없는 회의로 버린 시간만
모아도 다음 생애를 살기에 충분할걸요. 괜히 윤회 얘기가
나오는 게 아닙니다.

회사를 그만두고 당시의 동료들도 제각각 흩어진 지
수년 만에 소문이 늘려왔습니다. 회색 인산이 변했나는
것이지요. 자기주장을 관철하는 데 한발도 물러서지 않는
전사가 되었다나요. 극과 극은 통한다는 말이 있습니다.
가장 밝은 빛이 가장 어두운 그림자를 동반하는 법입니다.
큰 나무일수록 뿌리가 깊고요.

몇 년 만에 연락망이 가동되었습니다. 색채를 얻은 회색
인간을 보고 싶다는 열망이 모두를 추동해 곧바로 단체
카톡방이 생성되었습니다. 약속 시각을 정하려고 서로
의견을 묻고 있는데 "저는 미팅이 있어서 끝나고 가면
8시쯤 될 것 같아요. 먼저들 시작하세요."라는 회색 인간의
메시지. 환호의 이모티콘이 카톡방을 휩쓸었습니다. 반드시
회색 인간을 봐야겠다는 연대가 더욱 굳어졌습니다. 회색
인간이 미팅하는 동네로 약속을 잡았습니다.

조용한 흥분에 들떠 한 명씩 약속 장소에 도착하는 족족
흐뭇한 눈빛과 미소를 주고받았습니다. 회색 인간이 오기를
기다리며 서로 근황을 나누었습니다. 어쨌든 화제의
중심은 당연히 회색 인간이었습니다. 도대체 무슨 일이
있었던 걸까? 표정도 달라졌겠지? 말투는 어떻게 변했을까?
맥주만 마시면서 안주는 회색 인간이 오면 시키게 하자는
쪽으로 방침이 굳었습니다. 회사 다니는 동안 단 한 번도
주문 의사를 밝힌 적 없는 회색 인간이 좋아하는 안주가

누가 회색 인간이게요?

무엇인지 아무도 몰랐습니다. 대체 뭘 시킬까? 골뱅이?
치킨? 감자튀김? 알고 보니 완전 독특한 취향 아니야?
배고파 죽겠는데 마른안주만 시키는 건 아니겠지? 설마
과일 안주? 회색 인간이 시킬 안주가 무엇인지를 놓고
내기가 벌어졌습니다. 아무리 자기주장이 강해졌다 해도
우리 모두를 무시하고 자기 입맛에 맞는 걸로만
시키지는 않을 것이다, 회사 다니는 동안 술 마실 때마다
빠짐없이 먹은 골뱅이가 첫 주문일 것이라는 의견이
지배적이었습니다.

"저기 와요!"

"어디? 어디?"

와— 하는 환호와 함께 우렁찬 박수 소리. 여유 있게
손을 흔들며 살짝 미소까지 머금은 회색 인간의 태도는
확실히 달랐습니다. 예전에는 표정이라고 할 만한 것이
거의 없었거든요. 회색 인간의 얼굴에도 근육이 있었던
것입니다.

"회의는 잘 마쳤어요?"

"뭐……" 하고는 몇 초간 좌중을 둘러보더니 "마쳤죠." 하며
웃는 회색 인간.

왠지 웃겨 키득거리며 "아, 배고파! 우리 오래 기다렸어요.
명 팀장이 안주 좀 주문해 주세요. 이번엔 확실하게!"
외쳤습니다.

"좋아요. 확실하게 말하지만, 전 아무거나 다 괜찮아요!"

(계속 뭔가 끄적여야
할 듯한 이 마음······.)

사거리에서 신호에 걸려 대기 중이었습니다. 트럭 한 대가
옆에 서서 띠, 띠, 경적을 짧게 두 번 울렸습니다. 내다보자
운전석 남자가 창을 내리라고 손짓했습니다.

"저, 죄송한데요, 뭐 좀 여쭤 볼게요. 혹시 생선 드세요?"

허를 찌르는 질문에 당황했습니다. 처음 보는 사람한테
느닷없이 생선 좋아하냐니요. 어쨌든 저는 생선을
좋아하므로 일단 "예." 했습니다.

"생선 좀 가져가실래요? 배달 가는 중인데, 남거든요.
기록되지도 않은 거라 가져가 봐야 어차피 다 영업 사원
차지예요. 드릴 테니까 가져가세요. 제가 돈 받으려고
그러는 게 아니고, 남아서 그래요. 여기서 바로 드릴 수
없으니까, 저 앞에 차를 댈 테니 뒤에 따라붙으세요."

말이 워낙 빠른 데다 생선이 남는다는 말이 무슨 뜻인지,
기록되지 않았다는 말은 무슨 뜻인지, 그걸 왜 영업 사원이
차지한다는 말인지, 왜 저한테 주겠다는 건지 영문을 알 수
없었습니다. 영어 듣기 평가 할 때처럼 방금 들은 문장을

■▶ 제 적성 검사 결과는 늘 '예술가'로 나왔습니다. 새우잡이에는 분명 적응하지 못할 거예요. 베토벤과 같은 별자리거든요.

■▶ 트럭 기사에게 힌트를 얻어, 인상을 찌푸리고는 선글라스를 찾는 척하며 시간을 더 끌 수 있었습니다.

단어별로 곱씹어 보고 있자니 트럭은 이미 저 앞에서
서서히 속력을 줄였습니다.

생선을 가져가라고? 돈도 안 내고? 팔찌 사기단처럼 포장
뜯게 해 놓고 나중에 돈 달라는 거 아냐? 그런데 정말로
그저 선심 쓰려는 사람의 뜻을 잘못 받아들이는 거라면?
그렇다면 의심 자체가 몹쓸 짓이겠지. 신의의 대가로
의심을 받는다면 사람 사이의 불신이 불어날 테고 이내
세상은 진짜로 혼탁한 곳이 되겠지. ……이건 옳지 않아.
좋은 사람에 대한 예의가 아니야. 하지만 그 반대라면?
생선으로 꾀어 납치해 달아난다면? 아직 젊고 할 일도
많은데 별로 적성 ◀■ 에 맞지도 않는 새우잡이를 하며
여생을 보낼 순 없잖아…….

짧은 순간에 생각이 복잡해졌습니다. 생선 트럭은 비상등을
깜빡이며 서 있었습니다.

트럭을 세심하게 관찰하며 천천히 다가갔습니다. 괜히
라디오 소리도 한 번 키웠다 줄이고, 상대방이 차에서
내리는 동작을 목격하고(운전석에서 한 명, 보조석에서
한 명이 내렸는데 운전자는 덩치가 곰만 하고 사나흘은
면도를 안 한 듯 까칠까칠한 수염이 눈 바로 밑에까지
푸르스름했는데, 햇살 때문인지 한쪽 눈을 찡그리니
저 같은 샌님은 상대가 되지 않을 듯했습니다. ◀■), 창문을
천천히 올리고, 끝까지 다 올라갔나 검지로 까딱까딱
확인까지 하고, 냉동 칸 문이 열리는 것을 지켜보고(이런!
문이 옆에 달렸네. 안을 볼 수가 없잖아!), 더 이상 꾸물대면
의심을 살 듯해 어쩔 수 없이 시동을 껐습니다. 그런
다음에도 열쇠가 잘 안 빠지는 것처럼 행동하면서(카드

키가 아니라 다행!) 상대의 거동을 살폈습니다. 그러다가 '맞아, 열쇠는 안 빼도 되지.' 하고 뒤늦게 깨달은 표정을 지은 다음 마침내 차에서 내리려는 순간, 문이 잠겨 있다는 사실을 깜빡했다는 몸짓을 과장해 연기한 뒤 문 열림 버튼을 누르고 최대한 느긋하게 내렸습니다.

트럭 옆구리로 들어가자마자 냉동 칸을 엿보니 정말로 생선 상자가 있었습니다. 일단은 안심.

"이거 제주 옥돔이에요. 상한 거 아니에요. 한번 만져 보세요. (손가락으로 눌러 봤지만 생선 상태에 관해 어떤 정보도 얻을 수 없었습니다.) 이게 30−40만 원 하는 건데 (저는 옥돔을 산 적이 없어 가격대가 어느 정도인지 모릅니다.) 기록되지도 않은 거예요. (또 기록. 이런 말을 보통 별문제 없이 알아듣나요?) 이러면 가져가 봤자 괜히 기사들만 욕먹거든요. 제가 돈 받으려고 이러는 거 아니에요. 기사들 담뱃값이나 좀 해 주시면……"

특히 "기사들 담뱃값이나 좀……" 하는 대목에서는 눈빛이 약간 달라지는 듯했는데 제 기분 탓이었을지도 모릅니다. 돈은 필요 없다고 하면서 자꾸 담뱃값은 달라고 하니 수수께끼였습니다. 돈을 주지 않으면서 담뱃값을 주는 방법은 담배를 실물로 주는 것이겠지요?

지갑을 열어 보니 5000원밖에 없었습니다. 생선 장수에게 지갑을 펼쳐 보였습니다.

"이거 어쩌죠? 이거밖에 없네요."

생선 장수는 지갑 안을 들여다봤습니다.

"제가 돈 받으려고 이러는 거 아니거든요. 저기 편의점에 가면 기계가 있어요. 거기서 다 할 수 있게 돼 있거든요.

■▶ 여기서 지극히 현실적인 문제. 실제로 돈을
낸다면 15만 원을 내야 하나요, 16만 원을 내야
하나요?

담배 피우세요? ("아니요.") 담배 한 보루에 4만 원
하거든요. 두어 보루면 15 - 16만 원 해요. ('한 보루에
4만 원인데 어째서 두어 보루에 15 - 16만 원이지?')
돈 받으려고 이러는 게 아니고…… 제가 담뱃값이 없어서
이러는 게 아니에요."

가뜩이나 맘도 빠른데 사람들이 본다며 차 쪽으로 몸을
잡아당기는 통에 더 정신없었습니다. 돈을 달라는 건지
말라는 건지 모호한 소리나 수십 번씩 반복하고, 담뱃값이
없어서 그러는 건 아니라면서 줄기차게 담뱃값 얘기를
꺼냈습니다. 다시 한 번 더 자세히 설명해 달라자니
절 우습게 볼 것 같았고, 그 이상 시간을 끌어 봤자 저한테
유리할 것이 없어 보였습니다.

수능 시험 이후 처음으로 두뇌를 광속으로 돌렸습니다.
언어 영역, 수리 영역, 사회 탐구 영역 등에 걸친 사회생활
경험을 종합해 가설을 세웠습니다.

'그러니까 한 15 - 16만 원쯤 내고 옥돔을 가져가라는
얘기일까?' ◀■

그런데 왜 헷갈리게 담뱃값 얘길 하냐고! 양손을
들어 관심 없다는 제스처를 하고 차에 돌아가 시동을
걸었습니다. 생선 장수는 망연자실 제 차를 바라보며
멀어졌습니다.

진기한 경험을 했다는 흥분에 휩싸여 친구에게 일화를
전했더니 제게 돌아온 반응은 "너가 더 이상하다,
인마."였습니다. 생선 장수가 "저, 죄송한데요." 하며 말을
거는 순간 알아차렸어야 하나요?

최근 다른 은하계에 여행 다녀온 친구를 만났습니다. 디자이너라면 누구나 한 번쯤 가고 싶어 하는 바우플라네트에 들렀다기에 제 호기심은 이만저만 아니었지요. 얘기 좀 듣고 싶어 다그쳐 만난 그 녀석은 대화 도중 절망스럽게 탄식했다가 삶의 목표를 잃은 듯 동공이 풀렸다가 생각에 잠기기도 했습니다. 바우플라네트는 볼거리 많고 에지 있기는커녕 우리 예상과 달리 오히려 따분하고 뻔했다고 합니다.

모르시는 분들을 위해 행성의 역사를 개괄하자면요. 바우플라네트는 이주자로 형성되었습니다. 이주자 대부분은 사회에 해를 끼친다고 판정받은 자들이었는데 그 계기는 전력난이었습니다. 약 70억 년 전에는 전기가 주요 에너지원이었다고 합니다. 전기를 일으키는 모든 동력(물, 바람, 불, 공기, 집착, 우월감, 질투 등)이 바닥을 드러내자 밤새 전기를 사용하는 자들이 사회의 암적 존재로 여겨지기 시작했습니다. 그들의 특징은 쉬는 법을 모른다는

■▶ 여기서 잠깐. 약 70억 년 전에 집착, 우월감, 질투 등을 에너지로 변환할 줄 아는 문명이 있었는데 전력이 바닥났다면 집착, 우월감, 질투가 사라졌다는 뜻 아닌가요? 그 문명은 이후 어떻게 됐을까요?

점이었습니다. 오직 생산성만 중요시했지요. 매일 하는 야근으로도 모자라 휴일에도 사무실에 나가곤 했습니다. 열정적으로 일했고 자신의 일에 큰 자부심을 지닌 그들의 직업은 디자이너였습니다. ◀■

에너지 부족 탓에 야근을 못 하게 하는 법안이 통과되자 디자이너들은 정부의 감시망을 피해 지하 세계로 스며들었습니다. 불법 야근을 할 정도로 배짱이 없는 디자이너들은 금단 현상에 시달리다가 통제력을 잃고 하나둘 거리에 나앉았습니다. 노숙하면서도 일에 대한 열정은 줄지 않았고 불 꺼진 사무실에 게릴라 전법으로 잠입해 작업하곤 했습니다. 급기야 정부는 그들을 테러 단체로 규정, 최후의 일인까지 색출해 변방의 행성으로 추방했습니다. 훗날 바우플라네트라 불리게 되는 곳으로요. 새로운 행성에 보금자리를 친 디자이너들은 가뭄에 물 만난 듯 폭발적으로 일했습니다. 부족한 급여를 아르바이트로 충당하듯 밤은 물론 대낮에도 야근을 하는 기염을 토했지요. 정착한 지 200년이 채 되기 전에 전력난의 조짐이 나타났습니다. 같은 무렵, 디자이너들이 야근하면서 받는 스트레스와 짜증을 전기 에너지로 변환하는 기술이 발명돼 전력난이 일시에 해결됐습니다. 그 기술은 무한 동력이나 마찬가지였습니다. 디자이너가 존재하는 한 야근은 지속될 테고 야근이 지속되는 한 스트레스와 짜증은 끊이지 않을 테니까요.

적시타를 친 발명 덕분에 바우플라네트는 부유해졌으며, 동시에 디자이너들은 더욱 강도 높은 야근에 시달려야 했습니다. 발전 효율을 높이기 위해 밤새도록 디자이너에게

■▶ 부작용이 많아 은하계 대부분에서 사라진
형식이지만 지구에서는 잡지라는 장르로 여전히
존재합니다. 경제 논리와 허영이 묘하게 얽힌 인간
사회의 구조를 감안하면 이 형식은 쉬이 사라지지
않을 전망이라고 하는군요.

전화 걸어 클라이언트의 수정 사항을 반복해 상기시키는
직종이 새로 생겼습니다. 전화를 끊고 나면 디자이너는
삼삼오오 모여 술잔을 기울이며 신세 한탄하기를 즐기는
경향이 있었기 때문에 행성의 행복지수도 덩달아
치솟았습니다. 아무도 명확하게 이해하지 못한, 최고
수준의 고통과 쾌락이 공존하는 현상은 학계에서 양자 역하
다음으로 큰 관심사여서 바우플라네트로 향하는 연구자의
행렬은 매년 늘어났고 거기에서 창출되는 막대한 경제 효과
덕분에 바우플라네트는 더욱 부유해졌습니다.

한편 은하계 전체로 시장을 확장하려는 사업가가 등장해
바우플라네트의 디자이너들이 수행한 프로젝트를
홍보하는 매체를 만들어 배포했습니다. 인상적인
결과물을 취재하거나 핵심 인물과 나눈 대화를 싣는
형식이었습니다. ◀■ 그 과정에서 프로젝트가 미화되기
마련이었고 바우플라네트를 직접 관찰할 기회가 없었던
타 행성의 개체 대부분이 매체에 실린 기사를 문자 그대로
믿는 바람에 허상이라는 것이 생겼습니다. 바우플라네트는
점차 그래픽을 뽑아내는 자판기로 변해 갔습니다.
나날이 더해지는 스트레스와 단조롭고 빈약한 생활로
은하계 역사에서 전무한 규모의 전력을 생산하기에 이른
바우플라네트의 부는 더욱 탄탄히 다져졌습니다.

영원히 지속되는 번영은 없는 법. "바우플라네트는 죽었다.
디자인은 전력을 생산하는 도구로 이용될 뿐이다. 원래의
디자인으로 돌아가자!"라며 순수한 의미의 디자인을
되찾고 건강한 삶을 회복해야 한다는 주장이 등장했습니다.
모든 일에는 반대 입장이 있기 마련입니다. "자기 분야에서

아무도 도달한 적 없는 성취를 이루는 데에는 대가가
따른다. 노력을 스트레스로 여기는 자는 아무것도 이루지
못한다."라며 정진(精進)을 촉구하는 주장이 대립했습니다.
개체와 개체, 개체와 사회, 육체와 정신, 영과 혼, 물리와
종교를 아우르는 논의는 우리 모두 알다시피 여전히
진행 중입니다. 양극단 사이에 수많은 유형의 디자이니가
뒤엉켜 아비규환인 바우플라네트.

+

친구가 전한 바우플라네트의 최근 이슈. 전체 주민의
98퍼센트가량이 매일 밤샘 작업을 하는 바우플라네트의
후손은 인공조명 탓에 어두운 밤을 체험한 적이 없어
만성 피로 유전 인자가 생성되었다는 과학계의 발표 후
파장이 크게 일고 있는데, 이웃 행성에 여행 갔다가
난생처음 어두운 밤을 접한 바우플라네트 주민들이
우울증을 얻어 귀환하는 사례가 늘자 우울증을 전력 생산에
활용하는 연구가 시작되었다고 합니다.

16

외국에서 출간된 디자인 분야 도서의 한국어판 디자인을
맡은 친구가 울상입니다.

"얼굴이 왜 그래?"

"나 지금 굉장히 혼란스러워."

"왜?"

"그 사람은 디자이너들의 우상이잖아. '그 사람 작업이
내 작업이었으면' 하잖아. 원본 파일 준다길래 내가 얼마나
흥분했는지 너도 알잖아……. 아까 파일이 왔어. 아이콘을
한참 바라봤지. 떨려서 열 수가 있어야지. 물 한잔 마시고
심호흡 한 번 하고, 파일을 열었어. 그러고 도큐먼트의
안내선을 확인하는 순간, '이건 뭐지?'……. 텍스트 상자,
이미지 상자 위치가 다 제각각이더라고. 소수점 이하
세 자리까지 떠. 어떻게 이럴 수 있지? 우리가 그동안 잘못
작업한 걸까?"

디자이너가 일하는 모습을 옆에서 지켜본 적이 있는
분들은 제 친구가 느꼈을 혼란을 어느 정도 이해하시리라

0.1pt

0.15pt

0.2pt

0.25pt

0.3pt

SM3신명조 03

+ Didot Regular

+ Minion Pro Regular

+ Baskerville No.2 BT Roman

+ Sabon Roman

따옴표 0pt, 쉼표·마침표 0pt

따옴표 1pt, 쉼표·마침표 -1pt

따옴표 0.5pt, 쉼표·마침표 -0.5pt

생각합니다. 디자이너는 쫀쫀해야 합니다. "신은 디테일에 있다."라는 말도 있지요. 글자 크기나 선 두께를 정하려고 소수점 아래 두 자릿수 수치까지 쪼개어 검토하곤 합니다.

폰트의 쉼표 모양이나 마침표 크기가 마음에 안 든다며 다른 폰트와 섞어 쓰는 건 다반사고

저, 죄송한데요.
저, 죄송한데요.
저, 죄송한데요.
저, 죄송한데요.
저, 죄송한데요.

그 과정에서 미묘하게 달라지는 문자나 구두점의 높낮이를 맞추기 위해 기준선을 조정합니다.

"저, 죄송한데요."
"저, 죄송한데요."
"저, 죄송한데요."

SM3신명조 03, 자간 0

Minion Pro Regular, 자간 75

Minion Pro Regular, 자간 75, 앞뒤 문자 간격 8부

중점과 대시 등 각종 약물의 전후 간격도 일일이 고칩니다.

가운뎃점 · 가운뎃점
가운뎃점·가운뎃점
가운뎃점 · 가운뎃점

폰트의 뒤죽박죽인 기본값에 고통을 느끼며 자신의
원칙대로 질서를 세우는 데서 보람을 느끼는 사람들이지요.
그래픽 디자이너들은 대개 인디자인이라는 소프트웨어를
씁니다. 글자, 이미지, 선, 면 등 지면 위의 요소를 정밀하게
조절하게끔 프로그래밍된 소프트웨어입니다. 포토숍이나
일러스트레이터 등의 연계 소프트웨어와 함께 사용하면
상상할 수 있는 효과 대부분을 구현할 수 있습니다.
그 방편으로 모든 요소를 '상자'라 불리는 그래픽 장치에
담아 운용합니다. 예를 들어 글자를 타이핑할 때도 상자를
만들어 입력한 다음 그 상자를 이리저리 움직여 위치를
잡습니다. 상자에 각도를 입력해 회전시킬 수도 있지요.
상하좌우로 반전하는 기능도 있고요. 책 한 권에서 모든
페이지의 글이 같은 위치에서 시작되게 하려면 텍스트
상자를 정확한 위치에 맞춰야 합니다. 이것은 정확한
레이아웃의 기본이라 해도 무방합니다. 그러니 여느
디자이너보다 수치에 훨씬 민감하리라 믿었던 사람의 작업
파일이 임의 위치에 대충 얹힌 상자투성이임을 확인하고
큰 혼란을 느낀 겁니다.
여기서 매우 중요한 사실. 책을 만드는 경우, 디자이너가
아무리 철저하게 작업해도 정확한 결과물을 결코 얻을 수

■▶이 책은 두 가지 별색으로 인쇄했습니다.

이 두 가지 색의 농도를 조절하거나 겹치면 색을
다채롭게 표현할 수 있습니다.

없다는 점입니다. 디자이너의 작업 이후에 거치는 인쇄 공정 때문입니다. 간단하게 설명하면 이렇습니다.

디자인의 여러 요소 가운데 색상이 있습니다. 별색이라고 해서 금색, 은색, 형광색 등을 별도의 잉크로 찍는 방법도 있지만 보통은 사이안(cyan), 마젠타(magenta), 옐로(yellow), 블랙(black), 이렇게 네 가지 색을 섞어 색상 대부분을 만듭니다. 이를테면 마젠타 100퍼센트와 옐로 100퍼센트를 섞으면 빨간색이 되고 사이안 100퍼센트와 옐로 100퍼센트를 섞으면 초록색이 되는 것입니다. 마젠타를 50퍼센트로 잡으면 분홍색이 됩니다. 이 설명도 사실 정확하지 않습니다. 빨강, 초록, 분홍 등의 단어는 인쇄의 세계에서 모호할 뿐이니까요. ◀▦

아무튼 앞서 언급한 4원색 또는 별색의 비율을 조절해 디자이너가 원하는 색상을 만들어 작업합니다. 작업이 끝났으면 인쇄를 해야겠지요. 인쇄기를 다루는 사람은 디자이너가 아니라 인쇄기를 다루는 전문인입니다. 기장이 인쇄기에 흘려보내는 잉크의 양을 조절합니다. 기장의 수완에 따라 오차가 생깁니다. 그래서 디자이너는 직접 인쇄소에 가 자신이 의도한 색이 제대로 나오는지 확인하며 기장과 조율합니다. 재미있는 사실은 그렇게 현장에서 결정한 색상이 디자이너가 심사숙고해 컴퓨터로 만든 색상과 정확하게 일치하지 않는다는 점입니다. 공간의 조명 상태와 사람의 컨디션에 따라 색이 달라 보이기도 하거니와 미묘하게 달라진 색을 육안으로 식별하기란 거의 불가능한 일이기 때문입니다. 게다가 잉크가 마르고 나면 더 달라지지요.

여덟 쪽씩 인쇄(▼)　　열여섯 쪽씩 인쇄(▼)

앞

8	1
5	4

앞

16	1	4	13
6	8	5	12

뒤

2	7
3	6

뒤

14	3	2	15
11	9	7	10

■▶ 세상을 상상하기 힘들 정도의 엄청난 비율로

이게 다가 아닙니다. 제작 공정상 책을 인쇄할 때 실제
책 크기보다 몇 배 큰 종이에 여덟 쪽이나 열여섯 쪽씩
한 장에 인쇄한 다음, 페이지순으로 넘길 수 있게 접습니다.
접은 덩어리를 여러 개 묶으면 책 형태에 가까워집니다.
이 묶음에 표지를 두르고서야 최종 크기로 재단하는데,
공정이 이루어지는 각 단계에서마나 소금씩 오치가
생깁니다. 여러분도 쉽게 확인하는 방법이 있습니다.
종이를 한 번 접어 보세요. 접은 종이를 또 한 번 접어
보세요. 아무리 잘 접어도 정확히 포개지지 않습니다. 앞서
언급한 인쇄, 접지, 제책 과정의 오차는 책 제작 공정에서
생길 수 있는 여러 오차 가운데 일부일 뿐입니다.
"이 사람이야말로 대가야. 제작상 오차까지 감안해
디자인하다니! 모든 오차를 더했을 때 비로소 정확하게
맞아떨어지게끔 정밀하게 계산된 파일이라고."
……물론 농담입니다.

◯

정밀하게 제작된 물건을 발견하면 기분이 좋아집니다. 저도
그런 물건을 만들고 싶지만 그 과정에서 타인을 다그칠
생각만으로 이미 지쳐 버립니다. 제가 원하는 것과 타인이
원하는 것이 일치해야 문제가 생기지 않습니다. 지향점이
같은 인물을 만나는 건 인생에서 큰 행운입니다. 빈틈없는
정확보다 어느 정도 유격(裕隔)을 감수하는 쪽이 편합니다.
언젠가 세상을 지탱하는 질서를 발견하게 되리라 믿어
왔지만 그런 건 원래 없을지도 모릅니다. 뿌리 없이 둥둥
떠다니는 것들이 서로 맞물리는 힘의 아슬아슬한 균형으로
겨우 유지되는 곳이 세상일지도 모릅니다. ◀▪

확대해 보면 사물의 경계가 뚜렷하지 않다고 합니다.
우리 신체를 비롯한 우주의 모든 물체가 외부와
분리된 듯 보이지만 완전히 독립적이지는 않다는
말이지요. 이 세상은 말 그대로 물질 간 균형으로
버티고 있는 셈입니다.

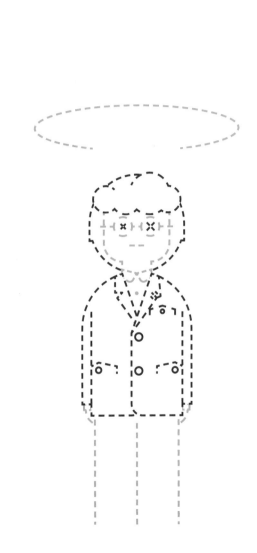

생물은 저마다 자기한테 적합한 의사소통 수단을
발전시켰습니다. 인간의 경우, 언어지요. 지구에서 언어를
쓰는 종은 인간밖에 없다며 자부심이 대단합니다.
유전자가 인간과 98퍼센트쯤 일치한다는 침팬지에게
언어를 습득하게 하려는 시도를 한 적이 있다고
합니다. 초보적 수준의 소통은 가능했지만 그 이상은
불가능했다나요. 이 같은 실험과 관점을 근거로 인간이
더 뛰어나다고 주장하는 사람이 꽤 많은 모양인데,
인간이 그렇게 뛰어나다면 반대 방향으로 실험했어야
하지 않을까요? 인간이 침팬지, 돌고래, 달팽이 언어를
습득할 수 있는지 실험한 후, 인간은 다른 종의 언어를
익혔는데 다른 종은 그러지 못하더라는 보고가 나오면
그때 비로소 인간이 뛰어나다고 말할 수 있지 않을까요?
물론 복잡한 추상 개념을 설명하는 데는 인간의 언어가
나름 효과적이라고 생각합니다. 다만 복잡한 현상을
설명할 수 있다는 것이 가장 뛰어나다는 의미는
아닐 겁니다. 모든 나무가 같은 능력을 지닌지 모르겠지만

어떤 나무는 지구상 모든 동료 나무와 소통하는 데 필요한
시간이 기껏해야 몇 초 안팎이라고 합니다. 코끼리가
앞발을 굴러 소통할 때 발생하는 진동은 수십 킬로미터
밖까지 전달된다 하고요. 수염고래가 내는 소리는 제트기
엔진 소리보다 훨씬 요란하다고 합니다. 제각각 인간의
언어보다 뛰어난 면이 있습니다.

소통 체계는 생존을 위해 진화한 결과물일 테고 인간의
언어도 마찬가지겠지요. 저는 무식해서 몇십만 년 전으로
거슬러 올라가야 하는 일에 대해서 아는 게 없지만,
분명한 사실은 인간이 이룬 모든 일은 언어가 있었기에
가능했다는 것입니다.

완벽한 커뮤니케이션이란 무엇일까요?
발신자의 의사를 오차 없이 그대로 받아들이는 것?
디자이너의 역할이 그런 의미에서 완벽한 커뮤니케이션을
돕는 일일까요? 완벽한 커뮤니케이션이 가능한 세계가
있다면 비주얼 커뮤니케이션 디자이너는 존재할 이유가
없지 않을까요?

소통의 전제는 맥락입니다. 맥락을 이해하려면 해석해야
합니다. 해석에는 여러 관점이 녹아들고 오해가 뒤따르기도
합니다. 관점이 하나만 존재한다면 해석이 끼어들 자리가
없겠지요. 인간의 언어는 복잡한 만큼 해석의 여지가
많습니다. 사실 제 머릿속에서 일어나는 일조차 제대로
파악하기 힘듭니다. 자신의 입에서 나온 말이 자신이
하려던 말인지도 확실하지 않거니와 상대방이 그 말을
제대로 받아들였는지 역시 알 방법이 거의 없습니다.
명확하지 않은 상태의 정보가 쌓여 갑니다. 긴 시간에

걸쳐 부정확한 정보가 쌓이는 만큼 오해의 늪에 점점 깊이
빠져들겠지요.

디자이너가 커뮤니케이션에 전문적으로 개입하면서
더욱 엉뚱한 해석이 나오기도 합니다. 해석의 여지를
기반으로 탄탄히 다져진 산업이 있습니다. 해석의 방향이
다양해질수록 디자이너가 개입할 니지기 더욱 많이
생깁니다.

인간의 커뮤니케이션 매체 가운데 하나인 잡지를 펼쳐
보겠습니다. "당신의 상상을 뛰어넘는 기발한 선물
69가지", "갖추지 못하면 서러운 파티 아이템", "우리의
생활을 뒤집을 미래 기술" 등의 기사 제목이 눈에 띕니다.
선물 고르기가 쉽다는 얘기는 아니지만 그런 기사 없이도
선물 고르는 데 별 지장 없이 살아왔습니다. 멋진 아이템을
구비해 파티 신(scene)에서 명성을 떨치고 싶은 생각도
없습니다. 미래 기술을 앞당겨 파악하는 일 역시 저에게
그다지 중요하지 않을뿐더러 제 생활에까지 영향을 끼칠
정도로 가까이 다가온 기술이라면 제가 상관하지 않아도
저절로 알게 됩니다. 원리는 모르더라도 기술의 성과를
누릴 수 있게끔 사회 인프라가 먼저 작동할 터입니다.
작동 방식을 모르더라도 누구나 최신 스마트폰을 사용하는
것처럼요. 몰라도 그만이지만 "이런 걸 알아야 멋진 사람이
되는 거야." 하는 노이즈를 심는 것이지요. 거칠게 말해,
오해를 조장하는 것입니다. 오해를 효과적으로 퍼뜨리는 데
유용한 도구가 디자인입니다. "빈 수레가 요란하다."라는
말처럼 실체가 별것 아닐수록 더욱 그럴듯한 포장이
필요한 법입니다. 그럴듯하지 못한 포장 탓에 파묻히는

알아보기 힘든 모양의 숫자도 모아 놓으면
조금이나마 읽기 쉬워집니다. 맥락이 생기기
때문이지요.

원형은 이렇게 생겼습니다.

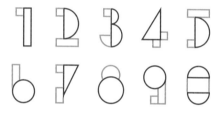

훌륭한 것들도 있지만요. 포장 얘기가 나와서 말인데, 크리스마스에 선물을 교환하는 행위 역시 큰 성공을 거둔 판매 전략이지요. 끝없이 연결된 이익 창출의 고리를 유지하기 위해 영화, 음악, 의류, 식품, 유통 등 산업 시스템의 모든 분야가 손을 맞잡고 융단 폭격을 펼칩니다. 한편 다양한 해석 덕분에 우리는 풍성한 문화를 얻게 되었습니다. 커뮤니케이션의 오해야말로 인간 문화의 기반인 듯합니다. 흥미롭지 않나요? 정교한 만큼 불량률이 높은 언어 덕분에 퍼진 오해에서 비롯한 다채로운 해석. 그 결과로 형성된 오해 가득한 멋진 문화. 오해 없는 세상은 얼마나 지루할까요!

이런 상상을 하곤 합니다. 인류를 뺀 지구상 모든 생물이 이미 오래전에 지금의 인류와 같은 단계를 거쳐 현재에 이르지 않았을까 하는. "겪어 보니 문명만큼 해로운 것도 없더군. 다 버리고 처음부터 다시 시작하자고." 하면서 말이지요. ●

사회라는 늪에서 아무리 허우적거려도 편안한
엔지니어드가먼츠의 코듀로이 헌팅 재킷. 맵시 나고
활동성 탁월합니다. 목까지 가라앉을지도 모르니
셔츠 단추는 끝까지 채우는 편이 좋겠습니다.
땀 좀 뺄 테니 라파의 메리노 울 베이스레이어도
입습니다. 신발이 무거우면 더 빠져들지도 모르니
오늘만큼은 부테로의 스니커즈를 신어야겠군요.
밑창에 관절이 있어 무척 편한 데다 가볍거든요.
이 정도면 늪에서라도 오붓한 하루를 보낼 수
있을 듯합니다. 스탠리 보온병에 커피라도 담아
나올 걸 그랬습니다.

저,
죄송한데요

1판 1쇄 펴냄 2016년 12월 30일
1판 4쇄 펴냄 2021년 9월 3일

지은이 이기준
발행인 박근섭, 박상준
펴낸곳 (주)민음사

출판등록 1966. 5. 19. 제16-490호
서울특별시 강남구 도산대로1길 62(신사동)
강남출판문화센터 5층 06027
대표전화 02-515-2000 팩시밀리 02-515-2007
www.minumsa.com

© 이기준, 2016. Printed in Seoul, Korea

ISBN 978 89 374 2910 1 04800
ISBN 978 89 374 2900 2 (세트)